卧波堂随笔

老姜 著

上海文化出版社

仍然拥有的，仿佛从眼前远遁，

已经逝去的，又变得栩栩如生。

——歌德《浮士德》

老姜

祖籍浙江宁波，1953 年生于上海。著有散文集《有一个美丽的地方》，记录了 20 世纪 70 年代在云南西双版纳的一段经历。《卧波堂随笔》记录了作者儿时的另一段生活。

序

大时代　小人物

读完老姜先生的《卧波堂随笔》，一篇篇翻过，给我印象最深的，就是"大时代、小人物"这六个字。

卧波堂是老姜先生的堂号。说文释，梁，水桥地。卧波的其意，静静地卧于水上，沟通两岸的往来。这本随笔，也恰似坚实的大桥，沟通四面八方，为诸多感慨万千的读者，留下一代人的集体记忆。

上海是个大码头，古代史不说，单就晚清民国以来的历史而言，这里发生的一切，由农耕文明转向现代文明，人们由农民变为市民，上海由南市一个不足两平方公里的老城，一跃而变为 6 600 平方公里的东方特大型都市，都令人惊叹不已。近几十年，又由一个相对封闭的工商基地转而成为我国改革开放的前沿、面向世界的窗口、充满生机的家园，这一切变迁，都存储于这代人的经历、阅读与传承之中。回顾上海自晚清民国以来，直到中华人民共和国成立和改革开放时期的历史，书中既有史实，更有情感；有欢笑，也有苦难。无数令人难忘的话题，也是令人写之不尽的源头活水。

近几十年，上海已成为中国近现代史和当代史的热点，很多作家到此挖矿，写出了丰富多元、流光溢彩的华章，给我们留下了宝贵的史料。其中个人史的留存，是最吸引人的一部分。马克思曾经说过："人们社会的历史始终只是他们的个体发展的历史"，个体虽小，却可以反映出宏大的历史背景。

老姜先生的这本随笔，以三十多篇短文和回忆的方式，通过市井弄堂小人物的悲欢，写出了他们所处时代的特点以及转折。把小人物作为叙述的对象，恰恰在于作者占有独特的生活资料，又有对民众疾苦欢乐的真情实感，他们当年的生活、劳作、环境和压力，他们的善良、本分，抑或在生活环境中形成的精明或木讷，反映出作者对这一人群的关注、同情以及理解。近年来，很多书把描写对象聚焦于政客、大师、名媛、闻人、富商……展现上层族群迥然不同的世界，这也无可厚非。但老姜这本书的与众不同，体现了他的书写独特的价值意义。人们在阅读中了解大时代运动、变化的规律特点之时，又能入微地观看到小人物生活的状况，从而激发为生民立命的责任。

在书中，我们看到这三十余则短篇构成了"一个南市少年"眼中的景物，即时代之下老城的一个角落，每天发生的人和事，真实而有趣。故乡、老房子、弄堂、青浜、老城隍庙、皮石弄展现了老城的街区风情、建筑特色，邻居、阿娘、杨阿二、阿二嫂、父亲、再见了，妈妈，写了一组普通的人物，他们的喜好、生活习惯以及行为方式，上学、艰苦日子，从一个角度反映了那个时代人们的特殊经历，脚踏车、白相、铛铛车记录下那时城市的交通工具，而公用电话、淴浴、唉瓜、"四大金刚"、小德兴、马路菜场，则反映当时下层市民生活的趣事、空间及幸福指数……

老姜先生的书，既是一本珍贵史料，也是一份情感记录，尤其对那些小人物，既有满心的爱意，甘为孺子的一面，又有"哀其不幸，怒其不争"的复杂心境，字里行间，充满对下层人民的尊重和敬意。他的写作，有直白的叙述，又有大片的留白，给读者大量想象、补充的空间。我作为同时代人，读懂了他写的故事，也理解了故事后面的时代和原因。老姜先生由一个少年学生成为云南知青，历时十年之久；又随知青回城，从底层工作者做起，逐渐成为一位领导干部。生活给了他历炼，工作需要他去表达，这种经历和能力，使他的作品与众不同，就是大处着眼、小处着手、以小见大，于细微处见精神。我们经历过那个时代的人，自然不难读出这一篇篇短文的丰富内涵以及思想性。这一切，又显示出他驾驭文字的技巧，自然朴实、生动幽默，构成了文本的两个特点。有的段落，让人有发噱却又欲哭无泪的感觉。这是靠作者的丰富阅历，才能从生活中发掘出来。

　　老姜先生是我在政协的老同事，退休以后，他学习书法，还写一些散文。因为我曾经在朵云轩和出版局工作，因此多有交往。这些文章曾在上海媒体发表，现在结集出版，既是给他自己的一份纪念，也是嘉惠读者，让人分享特有的经历和观察。老姜先生嘱我作序，实在勉为其难，谨随手记录感想，以表达对他的敬意！

祝君波

2023 年 6 月 11 日

目录

故乡

故乡在宁波，古代叫鄞，又称鄞县。

故乡有座山，叫姜山，山下有个镇，叫姜山镇，走一段弯弯曲曲的石板路，一袋烟功夫便到老家了。老家是个自然村，叫后姜，不到百户人家，都姓姜。小时候，懵懵懂懂地以为姜姓与姜山有关，读了点书以后，才知道姜是古姓，可以追溯到炎帝一支。西周有姜尚，春秋时的齐桓公也姓姜，想想真骄傲，再想想中国十几亿人，炎帝、黄帝只有两个，都是我们的祖宗，姓啥其实不那么重要了。

姜山，是一座小土山，方圆只有几里地。山上大树参天、灌木丛生、野草疯长。当地农民世世代代习惯把祖先安葬在阳坡上，居高临下，守望着曾经养育他们的那片土地和延续他们血脉的子孙。

姜山镇，倒是一个古镇，可追溯到西汉，曾为鄞南重镇。母亲说，我第一次到姜山还抱在她手里。之后，又到姜山，已经上学了，是寒假到祖父祖母那里过年（当地人叫"阿爷阿娘"）。自然要到镇上逛逛，印象中一条运河穿镇而过，典型的江南民居，依水而建，粉墙黛瓦、栉比鳞次。左岸是一排小商铺，门前的石板路上人来人往，摩肩接踵。因为过年，人们都穿着新衣裳，有拎着果篮、提着糕点的大人，有牵着气球、抖着空竹的小男孩，还有抹着胭脂、带着蝴蝶结的小姑娘。运河不宽，水也不深，吱吱呀呀的摇橹声由远而近，沉甸甸的乌篷船，满载着一年的收获和喜悦顺流而下。有诗云："船船载新穿桥过，家家侧听摇橹声"，便是我的故乡了。

后姜，是个自然村。千百年来，中国农村是宗法社会。一个村庄，一个家族，一个祖先，子子孙孙男耕女织、集中居住。村里最高的建筑是祠堂，那是家族的标志。里边安放着列祖列宗的牌位，层层叠叠，尊卑有序。听父亲说，四九年前，每年都要祭祖，隔些年，还要修续家谱，后来分阶级了，也就不那么方便了。人民公社后，祠堂成了集体的仓库，用来堆放谷物，年久失修，十分破败。小时候，觉得那个地方神秘，门呀，窗呀，关得严严实实的。又听说，里面供着老祖宗，那不是都已经成了鬼的人吗？白天，连张望一下的勇气都没有，更何况夜间，总是绕着走，绕得远远的。直到自己当了父亲，祠堂要拆迁了，才有机会进入里边，已是空空荡荡的了。

祖屋，在村中算是最好的建筑了，坐北朝南，一顺三间，还是楼房。四周砌有围墙，东头是石箍大门，走主人的，西头留着后门，走下人的。听祖父说，早年房子的主人在杭州城里开西药铺，后家道中落，房子顶给了他人。祖父买下了东头的一上一下，另外两间土改时分给了穷人。20世纪70年代，我初中毕业要去边疆，母亲想到了老家，想到了祖屋，要我投靠阿娘、阿爷，按当时的政策叫投亲靠友自找出路。母命难违，我头一回独自去到乡下。那晚，祖母在油灯下，亲昵地拉着我的手说："孙子啊，你要到边疆去，你娘不舍得，叫你到乡下来，阿娘不嫌弃，今后你抬个'老宁（媳妇）'

住楼上，我和阿爷住楼下。"又说："你是姜家的长孙，当年我送你阿爹（父亲）去上海，想不到如今你又回到乡下。"阿娘于心不甘哪。

阿娘不识字，没有文化，却懂得人情世故。阿娘裹小脚，足不出户，却知天下事。阿娘在村里是个"角色"，有见识，也有胆识，大事小事乡里乡亲都请教她。那年我已十七岁了，自然能听懂老人家的意思。第二天便打点行李离开了故乡。一个月后，啸然万里行的火车把我带到了云南，开始了十年的知青生涯。

半个世纪后，祖父祖母早已离开了人世，后姜村被征用，成为开发区，祖屋被拆迁，父亲在镇上分得一套动迁房，应该说也算是祖产了。母亲生前和父亲做了一个决定，把祖上留下的那套房子给了我儿子。因为，儿子是我家第三代中唯一的男孩。

啊，故乡。啊，香火……

有诗云：「船船载
新穿桥过，家家侧
听摇橹声」，便是
我的故乡了。

老房子

晏海弄 17 号是我家的老房子，也是我的出生地，地处老城厢的北门。上海原来是个滩，在滩上建镇自然要祈求海晏河清，故称晏海门。到了民国，填河、拆墙、修民国路，百姓就改口叫老北门。

记忆中，17 号沿街，一楼是铺面，只有一开间。橱窗、柜台、铁车（缝纫机）拥挤在一起，大人们经过都要侧着身子。小店取名"开纳"，母亲说意思是开门便有收入，讨个好口彩。理想很丰满，现实很骨感，1953 年对私改造，小店被改造，父亲成了"对象"。

像所有上海的老房子一样，17 号也是"七十二家房客"。住前楼、厢房是有头有脸的，出门，先生穿西装、长衫，太太穿旗袍、大衣。住后楼、亭子间的一般是小职员、小摊贩，小打小闹，小日子。而住灶披间、二层阁、三层阁的自然是社会最底层。我们一家挤在楼梯一侧的一间十平方米的二层阁里，父母之艰辛可想而知，只是当年我还不懂事。

老房子道路狭窄，基础设施十分脆弱，到了台风季节，一场暴雨后街道便会积水。大人们会挽起裤腿赤脚蹚水，调皮的小孩则会坐到洗澡用的大木盆子里，在积水中飘呀飘。上海人叫"划大水"。上海还有一句口头禅叫"火烛小心"，也是因为老房子大多数是砖木结构，家家户户用煤球炉，烧饭、睏觉仅一板壁之隔。一旦着火要等北门外"救火会"派车来救。听母亲讲有一次邻居家着火，她抱着我和弟弟从楼上冲下来，除了儿子啥都不要了。

1956 年，为改善上海南北交通，修建河南南路，晏海弄被拆迁，我们被安置到河南南路 400 号。400 号前门走河南南路，后门走承德里。既是街面房子，又是弄堂房子，得两头之便利。当年的河南南路是弹格路，自行车经过除了铃铛不响，其他都响，年轻人喜欢在上面飙车，哗啦啦得很是拉风。驶经门口的 66 路公共汽车，通往上海火车北站，24 小时全天候。白天尚可，一个甲子过去了……晏海弄消失了，薛弄底街消失了，老房子也消失了。

只是到了晚间，汽车的前光灯会透过窗户照到我家的天花板。车轮碾过弹格路面，带着二楼的地板抖动起来，晃晃悠悠的就像坐在火车里。小时候睡觉习惯这种感觉，一遍、又一遍，迷迷糊糊，渐渐入睡。

400号一楼一隔为二。半间住着一个小皮匠，日里开店，夜里搭铺；半间算是我家的，派不上大用场，只是进进出出方便了许多。不久，小皮匠搬走了，房管部门把我家的半间调整到398号二楼。我们把400号二楼称二室、把隔壁称三室。二室为主卧，大床卧的是父亲和母亲，地板卧的是我和弟弟；三室为次卧，归三个姐姐和一个妹妹，就像学校的女生宿舍。这样的居住在当时的上海属于普遍。慢慢地我长大了去了农村，解放了弟弟；慢慢地姐姐出嫁了，解放了妹妹，不过这是后事了。

400号二楼朝东有一排窗，隔着河南南路正对着一条小街，叫薛弄底街。这是一条宽不能走车、长不过百米，再也普通不过的街道。街上有一家糟坊店，一家煤球店。小时候家里凡打酱油，买蜂窝煤都差我，因此常常光顾。最近上百度看到，沪上现存最古老的两条路，一条是梅家路，一条就是薛弄底街，据说是明代的，竟然路在、路名也在。那些年，天天看着它、走过它、守着它，居然不知道是个货真价实的古董。

一个甲子过去了，随着城市的改造更新，晏海弄消失了，薛弄底街消失了，老房子也消失了。但愿这份记忆不要消失，这份情感不要消失。

邻居

　　承德里是典型的上海老式里弄。一号居住的是洪家，洪家的石库门有点鹤立鸡群。大墙门上的门环不是铁铸的，是黄铜的。洪家主人是两弟兄，大哥是开厂的，小弟是铁路工程师，两个妯娌，一个叫五嫂，一个叫六嫂，可见是个大户人家。洪家的第二代同样人丁兴旺，其中有对姐妹花，一个叫问问，一个叫答答，是我小学同学。在弄堂里，洪家深居简出，邻里间都高看一眼，有点羡慕，有点嫉妒。

　　1966 年的夏天，一队人马敲着锣、打着鼓开进弄堂。洪家往日紧锁的大门敞开着，一楼二楼被翻得底朝天，就差没有挖地三尺了。好事的邻居终于有机会混入其中，一时间，洪家的西装、旗袍；衬衫、大衣；美钞、黄金；手表、相机……都成了弄堂里阿姨妈妈们的谈资，就像如今互联网，怎么离谱就怎么传，怎么离谱

11

就怎么编。

那晚我也跟着人流挤入洪家，只见楼上楼下一片狼藉，经过亭子间，看到问问、答答和她俩的哥哥、姐姐们挤在一块，两个小公主惊恐的眼神令我至今难忘。

第二天，洪家房子被贴了封条，墙上被糊了大字报。哥哥的罪状是不法资本家，弟弟的罪状是漏网右派。据说资本家是因为"不法"，右派是因为"说话"。

相比一号，二号平民许多。上海的石库门房子是小市民生活不可或缺的底色。上海人称房子的产权人为大房东，称经营者为二房东，称承租人为房客。一个门洞里要住好几家房客，至于七十二家房客，是滑稽戏里唱的，不能当真。

先说二号灶披间，住的是申家，三代人大大小小有七口，蜗居在不到十平方米的小屋内。怎么住？这是隐私，是上海人创造的奇迹，这种奇迹在当年不在个别。申家有个老太太，当着面大家都称她为阿娘，背地里叫她"绍兴老太婆"。绍兴老太婆喜欢打扑克，太阳出来后一场，太阳落山前一场。牌桌安排在天井，白天便有了去处。绍兴老太的儿子在大型国企上班，是个八级焊工，常到南昌路科学会堂进进出出，技术不错，收入自然也不低。但当时的上海住房靠分配，与钞票无关。于是晚上儿子只能住在工厂宿舍，不是两地分居，姑且叫一地分居，很长时间上海夫妻一地分居也不在少数。

二号的客堂间住着一对老夫妻，说老，其实并不老。因为女主人还在上班，应该是小学老师，白白净净、矮矮胖胖，烫一个大波浪，戴一副玳瑁眼镜。两口子与众不同，女主外、男主内，丈夫不工作，在家负责买、汰、烧，任务是把太太服侍好。海派文化里有一个忌讳，那就是吃软饭。所谓吃软饭就是男人靠女人养活。因此客堂间的褚家伯伯常常遭到邻居的调侃。总以为，褚家伯伯窝囊，后来知道在20世纪30、40年代，他是上海小有名气的摄影师，尤其擅长底片修饰和照片着色，不知道因为什么历史问题，才弄丢了工作，只好赋闲在家。想想也是，左邻右舍都是旧社会过来之人，又有哪家没有点故事呢。

再说三号，东厢房的女主人姓仇，是里弄居民小组其中有对姐妹花，一个叫问问，一个叫答答，是我小学同学。

长。据说古代邑民 25—100 户为里，吴地方言又称巷为弄，大概是里弄的来源。又考，上海建镇后，设里正，"掌握户口、课植农桑、检察非违、驱催赋役"。1949 年后里弄成立居民委员会，下设居民小组长。虽已无农桑可课植，也无赋役可驱催，但防火、防盗、登记居住等治安问题总得有人操心，居民小组长也就成了相当里正级干部。仇组长白天戴着红袖箍、晚上摇着铁铃铛，时时刻刻惦记着邻里间的安全问题。自然张家长、李家短的一些劳什子事也全部了然于心，是本活字典。1966 年抓走资派，一直抓到里弄干部。承德里也不甘落后，有人刷出了大标语，"打倒四块臭肉"！因为里弄的治保主任、妇代主任、调解主任、卫生主任都是女性，名字里都有一个"玉"字，上海话里"肉"和"玉"发一个音。后来上面发话了，里弄干部不算当权派，所以也就够不上走资派了。打倒也罢、解放也罢，仇组长不在其中，因为不够级别。

如今，上海的石库门弄堂随着旧城改造被拆迁了，旧时的邻居自然也各奔东西了。留下一份残存的记忆，写在纸上。

别了，承德里。

别了，洪家姆妈、申家阿娘、褚家伯伯、仇家阿姨……

弄堂

弄堂，是老上海抹不去的记忆，承载着几代人的情感。弄堂文化成就了上海人特有的气质。

老城厢在人民路、中华路间的环城圆路内，大约两平方公里，密密麻麻的弄堂纵横交错。记得小时候贯通东西只有两条路：一条是方浜路，东起小东门，西至小北门。一条是复兴东路，东起大东门，西到老西门。且都是弹格路，曲曲弯弯十分狭窄。南北走向没有主路，到20世纪50年代才辟通河南南路，号称南北干道。从此老城厢范围内第一次有了公共交通，走66路公共汽车。通车的头几年还是石子路面，到70年代才铺上沥青。所以，在上海长大的，尤其是老城厢的居民都称自己是弄堂里长大的。

说到老城厢，比较成规模的石库门弄堂有大境路北侧的"开明里"，红砖、洋瓦、黑漆大门。我在大境路小学念书，不少同学住在"开明里"。当年小学是两部制，上午上课，下午到同学家做作业，对那里自然十分熟悉。幸运的是在大规模的旧城改造中开明里居然奇迹般地保留了下来。还有就是露香园路西面的"总弄"，也是石库门弄堂。因为规模大，分总弄、支弄。总弄与开明里不同，山墙用青砖，弄堂更宽阔，不过它没有开明里那样幸运，早已荡然无存了。我中学在总弄附近，如今也被改造了，偶然经过总会有点伤感。地处尚文路南侧的"龙门邨"，是老城厢最酷的弄堂。近两万平方米的建筑规模，在当年是十分气派的。每幢单体姿态各异，有苏格兰式、西班牙式，有小院、有落地窗，还有大卫生。当年上海喊三轮车，只要讲去龙门邨，车夫没有勿晓得呃。

小辰光喜欢穿弄堂。穿过西仓桥街是小桃园清真寺，一座伊斯兰风格的教堂。穿过天灯弄是书隐楼，曾经是江南三大藏书楼之一，后被郭万丰船号收购，现为郭家私产。穿过乔家路就是九间楼，是徐光启故居，边上一条小路因此取名光启南路。穿过学前街就是文庙，周围的蓬莱市场有刻纸花、斗蟋蟀，是小辰光最爱去的地方。穿过秦岭街就是慈修庵，据说早年是黄氏家庵，曾经改建为梨园公所，现为上海佛学院尼众班学修场所。有道是大隐隐于市，老城厢弄堂里有着说不完的故事。

再讲讲上海弄堂里的叫卖声，近年来成了时尚，屡屡被搬上舞台。所谓大俗大雅。回想起来：冬夜，浦东娘子"长锭、长锭"叫卖声里有一种凄楚；深秋，"桂花赤豆糕，白糖莲心粥"，喊出的是丝丝的暖意；夏日，"棒冰吃哦棒冰，光明牌棒冰"，入耳顿觉清凉；待到入梅，"阿有坏额洋伞修哦，阿有坏额套鞋修哦"，一阵阵叫卖声总会令人感到惆怅。这大概就是属于上海人的乡愁吧。其实弄堂里叫卖声背后隐藏着的是一种情绪。

留不住的是弄堂，留住的是乡愁。

上学

七岁那年上小学，班主任很年轻，刚从师范毕业，像个大姐姐。不知为什么，大姐姐对我高看一眼，第一学期就让我当班长，任务是上课前叫一声"起立"，同学们站起来道一声"老师好"！老师走到讲台前答一声"同学们好，坐下"，便开始上课。只是到二年级时，大姐姐老师调离，我的班长生涯也就结束了。

小时候的我有点调皮，是那种"闷皮"，上课不专心爱做小动作，老是挨批评。作业也不认真，潦潦草草、马马虎虎，偶尔还要开个"红灯"（不及格）。记得有一次放学后约几个男生到人民广场踢五人小足球，球是抽水马桶的浮球，球门一左一右用两个书包替代。玩疯了，书包都忘了带回家，为此挨了一顿揍。如此糊里糊涂地过了六年。

1966年小学毕业，正赶上"文革"爆发，就近分配进了中学。中学三年多数时间在家里，好容易等到复课了，复课也是闹革命，因此叫复课闹革命。总之，我对中学的印象就是"红团"的头儿脑儿们，进进出出、忙忙颠颠。到了1969年中苏在珍宝岛打了一仗，学校将我们疏散到郊区，说是下乡劳动，实为战备需要。一去便是半年，回到上海就算是初中毕业了。

1970年6月我告别了学校成为云南生产建设兵团的一名战士，所谓战士并不穿军装，所谓兵团其实是农村。据说去农村这个广阔天地是为"滚一身泥巴、练一颗红心"。对大多数人而言，泥巴倒是滚了几年，心有没有练红，只有自己知道了。

"九一三"林彪事件以后，中学开始复课，大学开始招生。对于广阔天地的知识青年来说，谁有机会被推荐为"工农兵学员"，就等于跳了龙门。当然，即便在"革命"的年代，这种好事也是很难轮到平头百姓的。曾经有个张铁生，交张白卷上了大学，那是例外，因此不敢奢望，只怪自己没个好爹妈。1977年恢复高考，大家凭本事，我们这批被称为"文盲加流氓"的六九届只有一声叹息了。

到了1979年，在农村挣扎十年，几乎已经绝望的知青闹将起来。托邓大人的福，"让孩子们回来吧"，老人家金口一开，我便随着大流回到了上海。第一件事当然是找单位了，第二件事就是找书读了。找单位是为生计，找书读是为圆梦。当年流行一句话"把被'四人帮'耽误的时间夺回来"。于是白天上班，晚上念书，念的是职工业余大学。风里来、雨里去，如此四年，混得一张夜大文凭。有心栽花花不开，无心插柳柳成荫。就是这张羞于示人的业余大专文凭居然陪我走到退休终于没有被下岗。用现在的话来说叫"性价比'，还算可以。

曾经在一次新闻发布会上，上海人民广播电台的首席记者提问：看了你的简历，是在职大专，这些年很多人都在不停地提高学历，你为什么还是20年前的大专？我说：你问我学历，我在网上看到，有人说好，也有人说不好。说我好的，认为我这个人还老实。说我不好的，觉得怎么让一个"文盲"来当领导？我是1953年小时候的我有点调皮，是那种『闷皮』。

出生的，"文革"时小学六年级，后来到农村，回城后一边工作一边读夜大，现在的年轻人不理解，我们夜大是一个礼拜两个半天，两个晚上，读了四年。这是一代人的命运，当然自己也不努力，就落后了。非常抱歉！我学历确实是比较低，不过你不要把问题问得那么尖锐嘛。现场记者们发出了善意的笑声。

很羡慕别人参加校庆、参加校友会，我的小学被拆迁了，中学被拆迁了，夜大也被合并了，如今成了一个地地道道的"三无产品"。听别人说起，上名校，又说，不能输在起跑线上，想想人生是长跑，其实胜负在终点，并不在起点。

写字

　　那是在五十年前，我无意中得到了一本柳公权《玄秘塔》字帖。那时候，学校停课，在家无所事事，便拿来临摹。

　　纸也是特别，是从废品回收站买来的，十厘米见方，一叠好几十张。因为扫"四旧"，锡箔自然不能幸免，表面涂层工业回收，衬底的毛边纸当作废品先回收、再出售，拿来写字物尽其用。

　　写字先研墨。乌黑的墨块表面烫有"金不换"三个金字。望文生义，惜墨如金。墨八分钱一坨，研却费时，想想应该是一寸光阴一寸金，寸金难买寸光阴。于是拿来墨汁一碗，省下研磨的时间。

　　当年街头流行大字报，还有大幅标语，一眼望去黑白倒是分明，是非却是被颠倒了。外面的世界很疯狂，家里的日子很无聊。母亲见我终于有件事做做总算放了高老笑着说：「不晚、不晚，写字是一辈子的事」。

心。如此大约两年时间，又报名前往云南西双版纳，下乡去了。

下乡是"接受贫下中农再教育"。白天的教育是劳动，城里的学生肩不能挑手不能提，用劳动来改造一下很有必要。到了晚上，还有星期天，农民们都和老婆孩子在一起。知青们便有了自己的天地，或走队串门、或下棋打牌、或看书发呆、或卿卿我我……我则找来笔墨纸砚，不过不再是柳字了，写新魏体。唐有柳颜欧褚，宋有蔡黄米苏，书风清新飘逸称为帖学。魏晋南北朝的石刻，雄浑苍凉称为碑学。前者有小布尔乔亚之嫌，不足为仿。后者虽有革命之气概，却是老派了。于是有人破旧立新发明了新魏体，俗称大字报体。出版社也不甘落后出了字帖。我从景洪街上的新华书店买了一本，临呀临，临了年把稍有长进，居然写了一首黄巢的《题菊花》诗："飒飒西风满院栽，蕊寒香冷蝶难来。他年我若为青帝，报与桃花一处开。"这幅字先挂在营部大会议室墙上，后又坐上火车被北京知青带到沙滩后街的一个四合院，挂在那里丢人现眼。

写字——卧波堂随笔

光阴荏苒，不知不觉我也进入退休倒计时。六十岁生日那天，我找来笔墨纸砚，又开始一笔一画地临起帖来了。先临赵孟頫的"胆巴碑"，听人说松雪的字波澜不惊、易入门；后临米芾的"蜀素帖"，听人说元章的字八面出锋、有霸气；又临欧阳询的"九成宫"，听人说欧字法度森严，是基本功；再临王羲之的"兰亭序"，还是听人说，写字的人不临兰亭等于没写，因为人家是书圣。

寒来暑往又是三年过去了，三年里我每天早晨起床先清水一杯下肚，便埋头临帖。一个小时后再洗脸刷牙、剃胡子、吃早饭，然后出门上班。临着临着有了些心得，写着写着有了些长进，装裱装裱自得其乐。记得有一次见到同乡高式熊先生，我问："高老，我这个年纪学写字晚了吧。"高老笑着说："不晚、不晚，写字是一辈子的事。"是的，虽然不能像他老人家那样写一辈子了，但这辈子剩下的也就是写字了。

艰苦日子

三年"自然灾害"发生在 20 世纪 60 年代初，当时我已七岁，自然开始记事，印象最深的是吃不饱。

1958 年农村搞吃大锅饭，城里人也不甘落后，在里弄里办起大食堂。吃饭是定量的，成年人每天斤把，小孩更少些，因为没有油水，没有肉吃，三四两一顿糙米饭下肚一会儿就饿了。那个年代的人面黄肌瘦，以为营养不良不会很在意，只是一段时间总觉得浑身乏力，一查得了甲肝。母亲带着我三天两头往医院跑，医生说是传染的，又是吃药又是打针，好像也不隔离也不住院，那时命贱，命也大。

不久里弄食堂解散，却苦了双职工，爸爸妈妈要上班，中午放学没饭吃，于是居委会在弄堂里垒起了"七星灶"，家家户户端着铝锅排队烧饭。所谓七星灶，同时可以满足七口锅，又经济、又实惠，上海人把精明发

29　　艰苦日子——卧波堂随笔

挥到极致。

当年物资极其匮乏，什么都要凭证供应。肉票、鱼票，粮票、油票，香烟票、肥皂票，布票、线票，豆制品票、日用品票，脚踏车票、缝纫机票……有人统计过林林总总有三十六种，为公平起见，票证的定量还要精确到大户、中户、小户。后来上海人称那些发了财的个体户为大户，"吃大户、用大户、消灭大户"，幽默中带着苦涩。

除了票证之外，那就是排队。当年有个段子，说上海人凡看到有排队之处，总会下意识冲上去，好不容易挤进队伍，一问，原来是公共厕所。上海人永远不缺乏创造力，为了维持秩序，排队的人会用粉笔在外套上编号，更有人会在队伍里摆个竹篮，哪怕是一块砖头，也算是占了一个位子。沪上现在还有"摆篮头"一说。

当然也有不要排队的，那就是菜市场里的"光荣菜"了，至今我还不知道它的学名叫什么，感觉有点像卷心菜的叶子。当年可是老百姓桌子上的当家菜，据说在农村是用来喂猪的，其味又苦又涩，难以下咽。

都知道南方人有个臭脾气，就是吃大米不吃面食。国家配给的主粮只能满足一部分，于是上海人也开始学做面食，家家户户都蒸馒头、摊面饼、下面疙瘩。不知什么原因，我从小就怕吃面食，尤其是对面疙瘩十分反感，我不吃就意味着几个姐姐要多吃，我至今心怀感恩。尤其到了夏天，好不容易做了锅米饭，晚饭吃剩的用一个竹篮子盛起，放在室外通风处第二天烧泡饭，天气热容易馊，又不舍得倒掉，用冷水洗一遍、再煮一遍，那酸味十分扑鼻，咬咬牙还得咽下去。

除了食品匮乏，工业品也匮乏。一件衣服，老大穿了老二穿，老二穿了老三穿……新三年、旧三年，缝缝补补又三年。夏天上海男人喜欢赤膊，我想与上海气候炎热有关，与棉布是紧缺物资也有关。到了冬天，一件老棉袄、一条老棉裤要穿好几年，那时上海专门有走街串巷的弹棉花匠，他们有本事把破旧的棉衣、棉被重新弹一遍，就像新的一样，絮上继续使用。一段时间补丁成了标志，人们可以从上衣袖口、裤子膝盖的补丁中窥见女主人的手艺和勤俭持家的品德。不曾想到，如今的哪怕是一块砖，也算是占了一个位子。沪上现在还有「摆篮头」一说。

时髦男女，在继承的同时还有创新，有把裤子磨破后再穿的，也有在生产过程中就打上补丁的，成为一种时尚。

小男孩好动，喜欢满大街的奔跑，更喜欢打个篮球、踢个足球什么的，当年拥有一双跑鞋是一个奢侈的愿望。高级别的是高帮白色回力牌球鞋，连想也不敢想。母亲答应买一双低帮的草绿色跑鞋，盼了又盼，望眼欲穿，终于有了一双。穿着总感到不对劲，一是鞋底没有弹性；二是穿了之后脚特别臭，后来知道是用再生布和再生橡胶做的，因为价格比较便宜。现在想想不就是循环经济吗？不过是初级阶段。

我家兄弟姐妹六人，相继出生在1949年前后，被称为"解放牌"，进入20世纪60年代正是生长发育阶段，父亲是全民所有制企业职工，母亲在里弄生产组上班，要养活一大家子，还有六个"书包"，是多么的艰难。也许正是这种艰难，成就了父母对子女的特别之爱、子女对父母的由衷感恩，以及兄弟姐妹之间的真诚互助和谦让。

如今我们不能说那个年代是完美的，但我们还是要感谢那个年代，尤其是那些艰苦日子留给我们的亲情和温暖。

朝花夕拾

1961 年中国发生了一件影响世界的大事。那就是在北京二十六届世乒赛上中国队获得了三项世界冠军，尤其值得称道的是捧得分量最重的男子团体冠军斯韦思林杯。对于刚刚走出大跃进、三年"自然灾害"阴霾的中国来说实在太重要了。于是举国欢庆，乒乓球运动就像草原上的野火，瞬间在中国大地上呈燎原之势。

上海这个城市总是领全国风气之先，徐寅生、李富荣、张燮林三个国手均是出自上海的年轻人，一时间上海从学校到里弄，凡有可能的地方都摆出了标准和不标准的乒乓桌。那时我刚上小学，课间打标准台要排队，好不容易轮到了，没有打两下上课铃就响了。下课打弄堂台不正规，但实行丛林原则人人争着摆大王，因为球臭，很多时间只能在旁边看着，羡慕同学能打一手好球，有点自卑。

不知不觉自己竟也『朝花夕拾』了。

到了 1966 年，一场更为令世人震惊的"文化大革命"席卷全国。一时间工厂停工、学校停课，老老少少不是走上街头闹革命，就是提心吊胆被革命。我家既不是"红五类"，也不是"黑六类"，属于逍遥派，于是"躲进小楼成一统，管他冬夏与春秋"。找来纸墨笔砚，整天点呀、划呀、横呀、竖呀、撇呀、捺呀，既打发时间，又磨炼耐心，还有一点成就感。几个月下来，便有了些模样，练了两年字端正了许多，感觉人也端正了许多。因为能写一手好字总是被人刮目相看，不是有句话叫"字如其人"吗，其实也可以叫"人如其字"。

疾风暴雨之后，人们又回到了现实，书不能读了。个人开始各自寻找出路，政策是"四个面向"，即面向工厂、面向基层、面向农村、面向升学。实际上是鼓励去农村、去边疆。除此之外，流行的是参军，那需要有很高的条件；流行的还有搞文艺，吹、拉、弹、唱要有一技之长。赶个时髦，我买了把二胡，没有老师，没有教材，叽叽嘎嘎地自学起来。"天上布满星，月牙亮晶晶，生产队里开大会，诉苦把怨伸"，旋律悲悲切切，特别契合二胡的音色。"北风那个吹，雪花那个飘……"，柔情似水，极富歌唱性，心会随着旋律而感动。因为扫"四旧"，经典的二胡曲，如《良宵》《病中吟》是不能触碰了，《山村变了样》《赛马》等一些符合要求的二胡曲练了几首。没想到显摆显摆竟然在下乡时起了作用，被调到小分队，因此多了些下乡演出任务，少干了些田活。

多年后我又握起乒乓球拍，条件自然今非昔比，乒乓球馆有教练陪练，寒来暑往，虽然球技进步不大，但体重明显减轻，精神明显改善，尝到了锻炼的甜头。

之后，我重新拿起毛笔，坚持每天一小时，把人站得正正的，把笔运得稳稳地，把心练得静静的。从米芾、赵孟頫、王羲之、欧阳询，仔仔细细地读，反反复复地临，认认真真地琢磨，日积月累居然有点进步，倒也自得其乐。

一晚和太太散步，路经一个挂着"秦汉胡同"招牌的培训机构，见到有二胡课程，心血来潮报了名，从此每周一次风雨无阻。老师是南京艺术学院二胡专业的毕业生，出身二胡世家，跟着他学琴仿佛回到了童年。

母亲生前有句名言："做人样样都要学一点，'羊癫疯'也要学三分"，也许是她的人生经验。我体会到，从小学过的东西往往可以影响一生。想到鲁迅先生的散文集《朝花夕拾》，不知不觉间自己竟也"朝花夕拾"了。

阿娘

阿娘不是我的阿娘，是小龙的阿娘，其实也不是小龙的阿娘，因为小龙是领来的。

阿娘住楼下，我家住楼上，两家虽然不住隔壁，却是邻居。

阿娘有个独子，是她的命根子。想想也是，一个裹小脚的女人，孤儿寡母，从宁波乡下混到上海安家谋生，怎么能没有两下子呢？听母亲说，当年阿娘是跑单帮的。那年头，干这行混的就是精明和胆量，这两样阿娘都有。

儿子长得人高马大，家里大小事娘作主，他负责上班挣钱，张口吃饭，伸手穿衣，悠哉悠哉。

阿娘有个亲孙囡，是她的掌上明珠，都上小学了，吃饭阿娘帮她盛好，上学阿娘帮她把书包背好。阿娘有点旧思想，家里没有男孩，阿娘只好去普育堂领了一个，就是小龙。

小龙应该知道自己是领养的，因为阿娘对孙女和孙子的差别实在明显。姐姐吃好，弟弟吃差；姐姐穿新，弟弟穿旧；姐姐捧牢一本书，弟弟帮着阿娘做家务，里里外外差得团团转。背地里大人们总是指指点点、话中有话，小孩吵架就会说"侬是领来的"。总之，小龙有点自卑。

我家与阿娘家楼上楼下，我家只要有人进出，尽在阿娘眼里；楼上只要有点动静楼下便会知道。因此，小时候凡要做点出格的事，就怕阿娘"告诉"。不过阿娘十分"上路"，小事情一般都眼开眼闭，实在过分了就会警告道："我要告你爸爸、妈妈"。当时有点恨，现在想想多亏有个阿娘盯着，否则要闯交关祸。

我家与阿娘家合用一个厨房。阿娘不上班，天天围着灶台转，别看买、汰、烧，里面可有大学问。先说买，当年样样都凭票，样样要排队，阿娘一双小脚奔东奔西、奔进奔出，样样不脱班。再说汰，上海人当时用大水表，一个龙头几家合用，阿娘从不凑热闹，总是让阿娘不是我的阿娘，是小龙的阿娘，其实也不是小龙的阿娘……

要上班的人先用，待空了再用。还有烧，阿娘烧鱼用冷油，所以从来不粘锅。烧肉用酱油、老酒，从来不加水，因此特别香。炒青菜，旺火、热油，从来不加盖，碧绿生青……她在一边做，我在一边看，阿娘操着一口宁波闲话讲：看懂、看懂，看看会懂。

1968年，锣鼓敲到阿娘家，宝贝孙囡十七八，去外地阿娘舍不得，让她回到宁波老家，算是"上山下乡"了。其实躲过风头又回到上海阿娘身边，小龙因为政策规定，老大下乡，老二就可以留在上海安排工作，就此姐弟俩命运颠了个倒。似乎一夜之间，那个精明、能干、强势、眼睛发亮的阿娘变成了木讷、迟钝、目光呆滞的老太。

不久我也去了边疆，离开了老房子，多年后当我重新回到上海，阿娘走了。听说走得很突然，坐在马桶上，一下子就过去了，待到救护车到时，已经没了气。医院诊断为心肌梗死。又听说，小龙找到了亲生父母，最终却没有离开这个曾经养育他的家，也没有离开这个垂垂老矣的阿娘。

阿娘走了，儿子老了，姐姐嫁了，小龙不知去哪了，还有那座老房子也无影无踪了。唯有尘封的往事，在我脑海里不是越来越模糊而是越来越清晰，不是越来越遥远而是越来越走近。

　　他们说你老了。

青浜

据说青浜火了，因为电影《后会无期》。

想到 1968 年的夏天。

去那里是因为有个表姨嫁在青浜，还因为学校停课，母亲怕我惹事，让我去避避。当年外码头是上海水产品集散地，渔民把新鲜的海产品直接拉到码头，每天总有几十艘渔船泊在那里，摇摇晃晃地等待着卸货，摇摇晃晃地等待着起航。船不是很大，长不过十来米，松木船体，刷上桐油，在阳光下闪着耀眼的光泽，有桅、有帆，也有动力，渔民们管它叫"车"，其实是用小型拖拉机的柴油机改造而成，又称机帆船。

从外马路水产码头启航，已是黄昏。环顾四周，船上仅有三人。一人是老大负责把舵，舵在船尾，是最原始的那种，靠人工掌握。老大是船的灵魂，威严地站在那里眺望着前方。一人是机工，钻在底舱，伺候那台轰月光穿过狭窄的窗户探进我的蚊帐，还有涛声、风声，与我一同进入梦乡。

鸣着的柴油机。一人就是我了，船前船后、舱里舱外满世界地跑，一切对我来说都是那样的新鲜。

船出吴淞口，天便黑了，不是那种伸手不见五指的黑。抬头遥望繁星满天，那种空旷，带着浩瀚；浪涛拍打着船舷，大海的辽阔让你感到无边无际。困了，便钻进狭窄的客舱，枕着轰轰的柴油机声入睡，那是一个平静的夜晚。

醒来天已放亮，舱外海天一色，白茫茫的一片。机帆船就像一片树叶在水面上漂呀漂、晃呀晃。令人担心的事发生了，海上晕船可以用"下地狱"来形容。因为船轻、体积又小，在浪中前行感觉不是在颠着走，而是在抛着走。加上刺鼻的柴油味，轰鸣的机器声，仿佛都冲着一个"吐"字而来。上午吐到中午，中午吐到晚上，胃里的食物吐完了，还想吐，直到吐出绿色的胃液。脑袋像被劈开了似的，这种痛，是"痛不欲生"的痛。

从地图上看，上海到青浜走水路大约一百海里，可是当年机帆船足足用了两天的时间。终于靠岸了，就像获得了重生。

青浜是舟山普陀区的一个小岛，位于东经122.4°，北纬30.1°，与东极岛为邻，是我国东海最东的一个岛屿，陆地面积加上滩地不到四平方公里，当年岛上渔民不过八百来户，是一个小渔村。民居依山而修，层层叠叠地洒落在面海的山坡上，又因为台风的原因，就地取来山石垒起，就连房顶的瓦片也用石片压实，远远望去就像一座城堡。难怪如今的驴友给它起了一个蛊惑人心的名字："海上布达拉宫"。

不过当年的青浜却不是旅游胜地，是军事要地。因为小岛地处海防前线，上面驻扎的军人比渔民还要多，他们的工作主要是打坑道，使用的是炸药、雷管、钢钎、铁锤，十分原始。给养靠登陆艇运送，大米、蔬菜、猪肉之外，还有压缩饼干、梅林罐头，属于军用物资。早在20世纪60年代，驻守在岛上的一位战士创作了一首歌曲叫《战士第二故乡》，80年代被唱红大江南北。岛上姑娘最大的梦想就是能够嫁个军人，当上军属。

海岛的生活对我来说充满了新奇，那时表姨二十出头，带着两个表妹，一个刚会走路，一个还在吃奶。姨夫是典型渔民，结实的身板，黝黑的皮肤，被海风熬红的双眼，一双大手犹如铁钳，站在你的身边，稳稳地像座铁塔。每天早起便跟他下海，撩海蜇、攻淡菜、拖乌贼、刮紫菜……他做上手，我打下手。待到太阳落山，便是收工的时候，一大一小抬着一天的劳作回到家中，不知情的还以为是一对父子。两周下来，自己也变成了一个墨赤乌黑的小渔夫了。

海岛的夜是静谧的，没有电灯，没有广播，没有喧哗，让人的感觉是与世隔绝的；海岛的家是温暖的，表姨、姨夫还有两个小妹妹让你感到亲切、温馨。

夜深了，月光穿过狭窄的窗户探进我的蚊帐，还有涛声、风声，与我一同进入梦乡。

乘风凉

北方人称纳凉，上海人叫乘风凉，曾经是一道风景线，如今消失在水泥森林中。

盛夏七月，学生放假，吃过晚饭，洗好澡，太阳已经落山，家家户户纷纷走出闷热的屋子，或是板凳，或是躺椅，或是铺板，天井、弄堂、晒台、人行道上一溜摆开，是上海盛夏独有的景观。

经常去的有两处，一处是后弄堂三号的晒台。当年没有高楼，没有雾霾，躺在晒台上仰望天空，星星、月亮还有云彩，便会哼起一首歌来："月亮在白莲花般的云朵里穿行，晚风吹来一阵阵快乐的歌声……听妈妈讲那过去的事情。"哼着、哼着，会把自己给陶醉了。聚在晒台上乘凉，免不得要说些话，大人有他们的话题，小孩的话题常常与鬼有关，怕听、又想听。最刺激的是黑无常和白无常，据说是到人间来收魂灵的鬼差。高鼻头的学校原先是关帝庙，高鼻头的故事很多，他说晚上千万不能上厕所，有无常守在那里，一只手拿黄草纸，一只手拿白草纸，如果你拿黄的当场就被收走，拿白的天亮前也会被收走。从此晚上在家也不敢上马桶，怕有黑白无常会从背后伸出手来。

另一处是前门河南南路的人行道。那里梧桐树遮天蔽日，躺在树荫下，昏暗的路灯在摇曳的树叶中时隐时现。楼下老宁波是个大块头，挺着大肚皮，长着酒糟鼻，欢喜在路灯下摆象棋残局，车轮大战可以从黄昏打到深夜，自称"老酒日日醉，残局盘盘赢"。街坊邻居都说武松打的是醉拳，他下的是醉棋。也有喜欢在树荫下面，放张小桌子，端几个小板凳，一家人围坐在一起吃饭的。一盘毛豆炒咸菜，几块臭豆腐干，加上两个咸鸭蛋，再来碗白米粥，便是顿消暑的晚饭。

当然更多乘风凉的人，会在躺椅上静静地想点事，喃喃地说些话，浅浅地打个盹，有道是心静自然凉，不知不觉就到了半夜，那时姐姐会轻轻地摇醒我，收起椅凳进屋去睡。

51

扇子扇冷风，扇夏不扇冬，若要问我借，但过八月半。

上海三伏的热是一种闷热，能够把你热得窒息，热急了，乘风凉的人就会买些冰棍来降温。光明牌棒冰用小木箱装，小贩们背着木箱用木块击打着，箱体发出"笃、笃、笃"的撞击声。喜欢吃赤豆棒冰，四分钱一根，当然还有雪糕，要八分，太贵，只能偶尔为之。

当年，凡出来乘凉，手中一般都提着把扇子，是蒲葵做的，俗称蒲扇。感觉热了，就摇几下，感觉好点了，就把它插在领子后或别在裤腰上。当然淑女除外，姑娘们喜欢的扇子要考究得多，是那种小折扇，扇面有描着花草、禽鸟的，也有题着诗词的。记得有一把是这样写的："扇子扇冷风，扇夏不扇冬，若要问我借，但过八月半"，写得朴实、生动、幽默，过目不忘。

如今扇子成了工艺品，乘凉成了过去的记忆，暑假成了补课的战场。

喜欢今天的上海，高楼林立，充满活力；怀念过去的上海，民风淳朴，邻里情深。

老城隍庙

上海老城厢以环城圆路为界，以老城隍庙为核心。

环城圆路北半环为人民路，南半环为中华路，早先是条护城河，20世纪初填河筑路铺上柏油，走11路无轨电车，到世纪末才改用汽车。同时，城墙也被拆除，留下大（小）东门、大（小）南门、老（小）西门、新（老）北门一批古地名，如今鲜有人知。

老城隍庙曾经是南市区所在地，周围有官驿街、县左街、三牌楼、四牌楼、旧校场路，到21世纪初随着旧城改造，这些路名渐渐消失在上海的版图上了。

我家住在河南南路面对薛弄底街。据考是上海最古老的马路，距老城隍庙仅十分钟路程。城隍庙就好比在后门口，最难忘的当然是庙前广场的生煎馒头、鸡鸭血汤，馒头里的汤汁和血汤里的鸡鸭杂碎，想想都会流口水。

唯有城隍庙、九曲桥、湖心亭风采依旧，苦苦地厮守着这块土地。

庙前广场西侧有一排厢房是棋室，经常是人头攒动，看棋的往往比下棋的还多，规则是三缄其口，常有人插科打诨，宁波话、绍兴话、苏州话、苏北话、山东话，一种方言往往是一种性格。尤其喜欢看下盲棋，什么 马八进九、马二进三、炮八平六、炮二进五……杀得天昏地暗，半天时间一会儿就过去了。

还有就是大殿边上的"武松打虎"，几个分币玩一次，比试的是人的臂力，凡是有力量使红灯跳到老虎高高翘着的尾巴顶端，清脆的铃声就会响起，围观的人群便会发出啧啧的称赞。偶尔母亲给了几个分币也会上去试试，多数时间则是在一边看热闹。

城隍庙里供着城隍老爷，前殿一个（霍光）、后殿一个（秦裕伯）。大殿前的抱柱联上写着"做个好人心正身安魂梦稳，行些善事天知地鉴鬼神钦"，看了似懂非懂。喜欢上二楼，那里的十二太岁代表着十二生肖，因为属蛇，所以看到自己生肖前放着供品便十分得意。害怕上三楼，三楼是幽冥殿，听大人说那里是阴曹地府。又听说人死了后要过奈何桥，阴间里的判官也戴乌纱帽，小鬼都是牛头、马面，凡生前做过坏事的不是下油锅，就是被锯碎，或者被碾成肉酱。于是想到那对抱柱联，想到要做个好人、行些善事，只是从未敢踏进三楼的门槛。

从城隍庙出来经九曲桥便是豫园了。九曲桥九曲十八弯，桥下是荷花池。每到盛夏荷花盛开，金色的鲤鱼在水中游弋，大人、小孩都喜欢将面包屑投入水中，鱼群便会蜂拥而上，也是白相老城隍庙的一大乐趣。当年豫园门票要二角五分，是个高大上的地方，进进出出都是老外，只能在门外张望。又听母亲讲，古代有位朝廷命官，是个百依百顺的孝子，一天老娘对他说："儿呀，娘这辈子享尽荣华富贵，只是还没进过御花园。"御花园是内宫，别说娘进不去，儿也进不去。为讨老娘欢喜就仿造修了个豫园。传到皇帝耳里，朝廷便派钦差大人前来实地查办。那位官老爷连夜叫人修了城隍庙，把修园说成了修庙，方才蒙混过关。相传城隍庙建于三国时期，豫园建于明朝万历年，故事显然是母亲编造的。

20世纪90年代，旧区改造如火如荼，老城隍庙浴火重生，百灵路变成了皕灵楼、旧校场路造了悦宾楼、小吃进了和丰楼、工艺品进了华宝楼……唯有城隍庙、九曲桥、湖心亭、豫园风采依旧，苦苦地厮守着这块土地。

还有，那些尘封的记忆你是否依然珍藏着？

杨阿二

杨家阿二，一米八的个头，白净的面孔，挺拔的鼻梁，典型的帅哥。

杨家阿二生不逢时，1966年高中毕业赶上"文革"，大学上不了、工厂也去不了，在家待分配。三年过去了，到了1968年上级号召上山下乡，杨阿二不想去，于是成了病休青年。什么病？不得而知。

杨阿二多才多艺，既会拉二胡，又会吹笛子；既会写书法，又会玩篆刻；既会做饭烧菜，又会做裁剪缝纫……感觉学啥像啥，无所不能。在我的心目中，简直是个天才。

天才与我差六岁，却投缘。我的第一把二胡就是阿二领着我在老城隍庙民族乐器商店里买的。材料是白木，琴弦是丝线，弓毛是尼龙，价格为四元。心里总想有一把像阿二一样的红木二胡，阿二带我到南京东路一家叫庆福兴的寄售商店碰运气，只是那里旧货的价格也不便宜，凡是红木的都要一二十元，只能看看，过个眼瘾。回家还得用那个白木破琴，叽叽嘎嘎地练了两年。从紫竹调到扬州小调；从《良宵》到《月夜》；从《病中吟》到《闲居吟》……总之，跟着阿二，从不着调到有了点腔调。

跟阿二学刻章也不容易。没钱买印床，便自己动手，在他的指点下，从生煤球炉的劈柴里找来一段硬木，锯锯、刨刨、凿凿，再用砂纸打打，用起来还凑合。又从母亲那里要了几毛钱，跟着阿二来到庆福兴对门的朵云轩，当年叫东方红书画社。一把刻刀倒不贵一毛五分钱，那时青田石六分钱一方，寿山石一毛钱一方。购得两方先练起来，刻了磨、磨了刻，还真经用。只是印谱不好找。又是阿二说，思南路邮局正展出有毛主席诗词的篆刻作品。于是兴冲冲地找到那里，隔着玻璃描呀描，带回家中练呀练。慢慢掌握了朱文、白文、大篆、小篆、反写法、水印法等一些窍门。

跟阿二举杠铃是因为那年头大人们在抓革命促生

六十年过去了，但愿被岁月冲刷的友情依然温暖着我们。

产，小孩们在家太无聊，便斧头帮、菜刀帮，今天拳头棍棒相见，明日白刀子进红刀子出。跟着阿二虽然不会外出寻衅滋事，但练点肌肉"人不犯我、我不犯人，人若犯我、我必犯人"也是人之常情。不知道阿二从哪里找来一截自来水管，有一米多长，趁着夜色，两人从人行道上撬起两块六角砖，搬回弄堂里，中间打个洞，用铁管串起，便是一副杠铃了。阿二说抓举对器械和场地的要求高，我们就练卧举吧。又说卧举练的是胸肌，三角身体就是靠胸肌练出来的。想想实在是美，于是两人轮番着，你先躺下练三五十下，我再躺下练三五十下，几个月下来，胸肌日长，感觉日好。

在我心目中，杨阿二是天才、是楷模，他会的我也要会。只是他家三兄弟，而我家有三个姐姐一个妹妹，烧饭做菜、裁剪缝纫他用得着，我却轮不上。如今落下了个饭来张口、衣来伸手的臭毛病。

1970 年我十六岁了，学校的一张通知便把我送到了云南，一晃就是十年。期间我在农村专心"修地球"，阿二先是被分配到里弄生产组，和阿姨妈妈一起混了几年。毕竟人家是"天才"，后被招进中学，当了代课老师，再后来，听说转为正式教师。又听说阿二发了点小财，原来他改篆刻为微刻，作品摆在贵都宾馆，专门卖给外国来宾，那是改革开放以后的事了。

记得阿二是属猪的，屈指数来应该是七十了，我属蛇今年也六十有四了。但愿被岁月冲刷的友情依然温暖着我们。

皮石弄

皮石弄是南市的一条小街。

呈"工"字形状，窄而长，一侧为南皮石弄，一侧为北皮石弄，中间一杠为中皮石弄。

中皮石弄有个跛脚，小儿麻痹症遗留下来的，走起路来一跛一跛，大家称他为阿跛。阿跛从小没了爹妈，也没有兄弟姐妹，一人住间阁楼，靠民政救济，每月八元钱。吃的是百家饭，东家混一顿，西家混一顿，当然是不上人家台面的，只是拿着个搪瓷大碗，盛上一碗米饭，拣点小菜。一人吃饱全家吃饱，一人睡着全家睡着。阿跛不上学，从早到晚站在弄堂口，看见漂亮的小姑娘就会吹个口哨，做个鬼脸什么的，上海人叫"吃豆腐"。但阿跛自有分寸的，只是到此为止。阿跛喜欢打相打，天不怕、地不怕，小孩见他都躲着走，但阿跛专拣横的打，从不欺侮小孩，整个皮石弄都说阿跛是"一只鼎"。

上海人叫「吃豆腐」，但阿跷自有分寸，只是到此为止。

北皮石弄有只垃圾箱，由一个中年男子负责看管，是个兔唇，上海人称豁嘴，弄堂里小孩叫他兔子头。每次去倒垃圾总觉得怕怕的，趁他不在，赶紧倒了，扭头便跑。当年的垃圾主要是煤灰，当然也有些破烂，兔子头负责看管，回收也归他。每当傍晚环卫车把垃圾拉走后，他会把垃圾箱里里外外扫得干干净净的，时不时还用石灰水刷上一遍。旧上海对捡破烂的有个歧视性的称呼"垃圾瘪三"，1949年后私下还是那样叫。"文革"中清理阶级队伍有人揭发，"迪只瘪三是国民党逃亡的连级军官"，众人大愕。不久，根据"公安六条"作为历史反革命遭返回乡。

记得小时候，上海弄堂口都摆着一口大瓦缸，上海话叫"泔脚钵斗"，家家户户倒剩菜、剩饭用的。住在南皮石弄的一位阿姨负责打理，每到下午她会推来一辆平板车，把泔脚装到两只硕大的柏油筒内，徒步拉到浦东乡下喂猪。本来这样的苦应该是男人受的，因为家中不见男人，女人便成了一个顶门立户的汉子。虽然活又臭、又脏、又累，一年三百六十天，风里来雨里去，脸被晒得黑黑的，但身体却棒棒的。邻居们都叫她"啰啰阿姨"，她也不介意，整天乐呵呵的。

皮石弄住着好几百户人家，大人剃头一般去理发店，小孩剃头多数在理发摊头。"洋活生"整天提着一个人造革做的手提包到处转，包里放着木梳、推子、剪刀，还有刮胡刀。叫他"洋活生"是因为姓杨，又因为高高的颧骨、尖尖的腮帮、鼓鼓的眼睛，长得一副猴相。上海人称猴子为"活生"，于是就有了这个称呼。"洋活生"手艺不错，价钿便宜，待人和气又十分仔细，小孩们要他剃头，还喜欢跟他开玩笑。比如，银行里存折有几钿？啥辰光讨老婆？今朝剃头侬请客好哦？他总是面带微笑，笑而不答。

上海老城厢是劳动人民居住的地方，没有惊天动地的故事，没有叱咤风云的人物。普普通通的小市民过着平平淡淡的小日子，即便回忆虽然风轻云淡，却是刻骨铭心。

摩登

上海是一个时尚的城市，在洋泾浜英语里称为"摩登"，即使在不爱红装爱武装的红色年代，依然会顽强地表现出来。

20世纪50年代末上海海燕电影制片厂拍摄了一部叫《羊城暗哨》的反特片，银幕上的八姑（狄梵饰）穿着件用人字形图案织的毛衣，格外抢眼，于是整个60年代街头盛行这种被称为阳伞花的毛衣，给上海女性增添了几多妩媚。更为令人叫绝的是电影《野火春风斗古城》里的女主角王晓棠是当年的大明星，她扮演的地下工作者银环是一所医院的女护士，有一个在公园里戴着大口罩接头的特写，那双明眸楚楚动人。于是冬天的上海街头，姑娘们都戴上了洁白的大口罩，大得可以把半个脸都遮上，留出一对明眸忽闪忽闪的，小伙子如果不坚定一点定会把魂给勾走了。要说追星，上海女人姑娘们会用火钳在煤球炉上加热自己在家「做头发」。

追的那个才叫绝。

上海西部静安、徐汇是上只角，洋房、公寓里走出来的是大家闺秀；南市老城厢被称为下只角，弄堂、石库门里走出来的是小家碧玉。20世纪60、70年代提倡艰苦朴素，衣服要打补丁，男人不再吹风，女人不再烫头发（上海话叫做头发），个个素面朝天。但爱美之心人皆有之，小家碧玉们自有一套。姑娘们会用火钳在煤球炉上加热，然后自己动手烫出卷曲的刘海和辫子梢。后来有人发明了专用烫发的铁夹子，按上了电热丝。再后来"长波浪""爆炸式"死灰复燃，上海女人自己动手在家"做头发"，时不时会看到带着一头塑料发卷的女人满大街的跑，那是20世纪80年代的一道风景线，只可惜是对时尚的一种颠覆。

都说上海女子是天下最有气质的女人，犹如一朵洁白无瑕的白兰花。六月的上海酷热难当，白天人们躲在自家的房间里，街道冷冷清清的，知了在树丛里鸣唱，偶尔窗外会飘来栀子花、白兰花……的叫卖声。卖花的一般都是上了年纪的妇女，提一个竹篮，花用湿布裹着，小心翼翼地打开，水淋淋的花蕾会散发出一阵清香。买花人会挑上两朵穿上铁丝挂在衣襟上，幽幽的花香若有若无，那境界才叫诱人。在上海女人的白兰花面前，什么品牌的法国香水都会相形见绌。母亲夏天爱戴白兰花，这个习惯一直保持到她的晚年。

上海人有句口头禅叫"出风头"，但正宗上海女性的风头总是出在恰到好处，出在若隐若现之间。我以为这本身就是一种时尚。上海女孩子心细，打扮特别花心思，即便是一件衬衫也不会忘记在领子上做点小小的文章。什么青果领、燕尾领、小方领……一件女式衬衣的领口居然能千变万化，总能带给你一点惊喜。最绝的是假领头，曾经把内地人给忽悠了：当年使用布票，上海人怎么衬衫天天换？其实换来换去只是换了个领子，故又称节约领。一时间人人效仿，风靡全国。

还有就是春秋两季的外套，上海人叫两用衫。那时流行军装，时髦的上海女生穿军装时绝对不会戴军帽，也不会配军裤，其中的奥妙在于女式军装是收腰的。一件军绿色的上衣，居然也能收出旗袍的韵味，这种时尚足以让人为之倾倒。

　　可以说时尚是上海这座城市的品格，时尚也是渗透到上海女性骨子里的气质，不过上海人把它叫"摩登"。

脚踏车

上海人称自行车为"脚踏车"。20 世纪 60 年代市民家庭脚踏车拥有量应该和现在汽车差不多。兰令、三枪是英国货，好比如今的宝马、奔驰，车主人往往被称为"老克勒"。凤凰、永久则是上海品牌，分男式车、女式车。永久 13 型锰钢车是男车中的翘楚，凤凰 26 寸轻便车则是女车中的佼佼者。普通家庭以拥有一台凤凰或者永久车为奢望。

大姐参加工作了，是一个体面单位，属仪表局系统。攒了几年钱买了一辆全链罩带双铃的凤凰 26 寸轻便车，用现在的话来讲，是"高配"。她负责骑车上班，我负责揩车、打气，星期二是仪表系统的厂休日，这辆车归我用，屁颠屁颠的。

弄堂里有脚踏车的家庭本来也不多，有的也是"老坦克"（旧车）。三号杨家伯伯在永安公司自行车柜台弄堂里有脚踏车的家庭本来不多，有的也是「老坦克」（旧车）。

做，家里脚踏车升级换代最勤。杨家阿三喜欢脚踏车，只要杨家伯伯"店休"，他便骑着脚踏车满世界跑。

第一次阿三带我，不敢去远，到北新泾。当年的北新泾属于近郊，捎带买一点蔬菜，新鲜又便宜。我俩起个大早，将脚踏车推出弄堂，拐弯上车。河南南路是"弹格"路，链条撞击链罩，哗啦啦地骑一路、响一路。进入延安东路往西，车胎在平坦的柏油路上擦出沙沙的响声，盯上一辆71路公共汽车，它进站我们超前，它出站我们在后，一直追到中山西路，实在很过瘾。再往西就是虹桥乡了，当时叫人民公社，虹桥路两侧却是田园牧歌，农田、庄稼、牲畜，还有隐蔽在树丛的乡间别墅，把城市的喧嚣远远地抛在后头。郊区是煤屑路，走在上面十分颠簸，骑着、骑着脚下越来越沉，头上开始冒汗，内衣贴在身上汗津津的。阿三关照不要急，慢慢走，终于来到哈密路，沿新泾港往北就是北新泾镇了。老街在河边，十分狭窄，陈旧的铺面大都改为住家。只是从旧店招和牌门板上还能看出曾经的过去。菜农们把刚刚从自留地里挑来的青菜、菠菜、塌苦菜……摆在路边，看到从市区来的人，价格总要往上喊一点，当然也可以讨价还价，总之要比市区便宜许多。中午，和阿三两人在一家小饭店里吃了碗馄饨，欢欢喜喜地踏上归途。

有了一次经验，就开始筹划单飞了，目的地是南汇。1968年春天，父亲义务献血，一次抽了400cc，在家里当然是件大事了。要想吃只老母鸡补补，市区菜场连个影子也没有。阿三说只有跑郊区，自由市场上有，不过价钿要贵一点。于是想到南汇，因为是远郊也许会便宜一些。提前几天我把地图看了又看，头天又把自行车揩了又揩，机油加得多多的，轮胎打得鼓鼓的，第二天天刚蒙蒙亮便上路了。也是走河南路往南，左拐经中华路，右拐经董家渡路，来到黄浦江边的渡口。当年自行车过江要买两枚塑料筹码，价格为一角二分。汽笛鸣响，渡轮徐徐驶向东岸，微风把江水特有的腥味带入船舱，心里有点说不清道不明的感动。上岸是浦东塘桥，穿过杨高路，走一段便是沪南公路了。一边骑行，一边复述着地图上的路线，先北蔡、后周浦、再航头……公路两侧除了一排排涂了石灰水的水杉外，几乎遇不到行人。偶尔一辆长途汽车驶过，扬起一阵尘土，扑面而来，眼也不敢睁，气也不敢喘。四月是桃花盛开的季节，南汇的桃园大都分布在公路两侧，忍不住把脚踏车推下公路，置身于花海之中，浑身的疲乏顿时烟消云散。就这样，骑骑停停、停停骑骑，到了新场镇再也没有力气往前走了。

午后的小镇阳光十分热烈，街上静悄悄、空荡荡的，社员们都下地去了，孩子们也上学去了，只有三三两两的老人在院子里忙碌着。寻寻觅觅终于找到了自由市场，卖鸡的小贩蹲在地上，一旁放个竹篮，篮里装着一只老母鸡，也不叫卖、也不开价，走了一圈，看中的还是那只。说个价，一手交钱、一手交货，买卖便成了。我把母鸡安置在自行车的网兜里，翻身上车，继续上路。

回程往西，夕阳把地平线染得通红通红，晚风吹来带着一份寒意。因为公路上没有路灯，担心天黑以前赶不到浦西，于是使劲蹬。身后传来轰鸣声，一辆跑运输的小拖拉机超了上来。我灵机一动，腾出左手搭在车帮上，瞬间非机动车变成了机动车，只可惜捎了几公里，拖拉机便下了公路。终于在天黑前登上了轮渡，回到浦西已是万家灯火了。

今天，北新泾毗邻虹桥开发区，新场古镇属于迪士尼辐射区域，曾经沧海已为桑田，我也从少年变成了老人，只有乡愁，依然如是。

白相

　　上海话"白相"就是玩。如"白相"大世界就是到大世界去玩，这个玩包括游戏。

　　小辰光玩游戏大都在户外而且要有伴，不像现在小孩玩游戏在家里，抱着个游戏机。

　　滚铁圈小男孩都会，低年级时滚的是马桶箍、脚盆箍，比较轻巧，找一根钢筋弯成钩子，推着走。到了高年级滚的是脚踏车或者黄鱼车的废钢圈，把内圈的钢丝拆掉，剩下一个赤膊的钢圈，用一个细木棍，推着满"世界"跑。滚铁圈走的是老城厢的小弄堂、台格路，哐郎朗、哐郎朗……在行人中间穿梭，打弯、避人、掉头、过坎，窍门全在手上。小伙伴们你追我赶，一直疯到满头大汗、气喘吁吁。当年为了拥有一个铁圈，竟背着母亲将家里的脚盆给拆了，居然还是铜箍。

　　刮香烟牌子、打弹子是蹲在弄堂里白相的。香烟牌我有一只和尚盆，造型像僧人化缘的钵斗，是从旧货摊头淘来的。

子是用硬板纸做的，寸把见方，不过是长方。正面印有各色图案，背面一般是文字说明。有花鸟鱼虫、有人物故事，最考究的是水浒一百零八将，画得栩栩如生、过目不忘。刮香烟牌子是有输赢的，一方将一张香烟牌子平放在地上，另一方用一张刮，靠的是风力，掌控在手上，如果翻转就算赢。我会事先把香烟牌子放在厨房的油瓶里浸一浸，这样子刮起人家来，风力会大一点，被人家刮时，也不易翻转。事后被母亲发现，挨了顿臭骂。

初学"打弹子"，用水晶弹，是有人从耀华玻璃厂车间里顺出来的玻璃原料。手法比较简单，小朋友们叫打"老太婆"弹。到后来，花样就透了。有四花弹，就是在玻璃球内呈四瓣花色；有夜壶弹，就是一抹色不透明的。现在上海人讲的"夜壶弹"是引申意义。当然，手法也复杂起来，不再是"老太婆"弹了。小朋友打弹子是趴在地上的，轮流着一个人打、一个人看，以打着对方者为胜。老师和家长都反对这种玩法，原因是不卫生。为了吓唬小孩就说，打弹子要生脑膜炎，理由是脑膜炎的细菌距离地面一米之内，趴在地上要传染。大人们吓唬归吓唬，小孩们打还是归打，生脑膜炎的却不曾有过。

夏天放暑假，会有一拨一拨人来弄堂里斗蟋蟀。蟋蟀有买来的也有捉来的。买是在文庙前的学前街，三分、五分也有，一角、二角也有。捉蟋蟀，要到郊区，或龙华、或大场、或杨思，从野外捉来的蟋蟀头大、牙阔、腿壮，墨黑墨黑的，丝草一触便发出"嘿嘿"的叫声。蟋蟀分"夏虫""秋虫"。好虫要有好盆装，我有一只是和尚盆，造型像僧人化缘的钵斗，是从旧货摊头淘来的。即便如此，在小朋友面前也是很拉风的。待到北风起，蟋蟀死了，玩心收了，暑假也结束了。

到了冬天放寒假，男孩子喜欢跳绳，女孩子喜欢踢毽子。跳绳比较简单，找来一根绳子，最好是麻绳，双手甩、双脚蹦，一下一下全身运动，不一会儿就出汗了，这是初级阶段。如果你能跳"双飞"，那可是技高一筹了，要求是脚蹦一次，绳子甩两下，不能间断。一次比赛，我的最高记录为一分钟72下，后来再也没有超过。毽子，是用铜板做底垫，找根鹅毛管缝上，再插入几根鸡毛便成了。因为是针线活，小姑娘们喜欢做也喜欢踢，边上的小孩在一旁数，个数多者为赢。弄堂里的三妹，一口气居然能踢上百个，无人能敌。

不知为什么，每当想起孩提时代，想到的不是补课、写作业，而是"白相"。想想现在的小孩书包越背越重，功课越做越晚，我们做家长老师的是不是想过，剥夺了他们的童心童趣，也就剥夺了他们美好童年的回忆。

公用电话

上海是一个由弄堂构成的城市，弄堂口总会有一个公用电话亭，当年叫传呼电话。

阿拉弄堂口，看传呼电话的是一个老头，矮小的个子，光秃秃的脑门，走起路来风风火火、摇摇摆摆，像一只鸭子。

20世纪60、70年代，居民对公用电话十分依赖。每次电话铃响，老头便会提起哑铃式的话筒，凑在嘴边，问明受话人是哪个门牌号，张三还是李四，要回电的号码是多少，不回电的关照点啥事体？然后抬腿往外跑，边跑边复述着问来的内容，直到找到受话人。

老头特别喜欢小孩，见到在弄堂里"白相"的小孩会做个鬼脸，或打一记头塌。小孩们也喜欢逗老头，每当他匆匆忙忙、念念叨叨地忙着叫电话时，调皮的小男孩总会寻他开心，这时老头不会与你纠缠，因为肚皮里正背着电话传呼的内容呢。

如此，老头对弄堂里家家户户的情况了如指掌，丈母娘的女婿，婆阿妈的媳妇，张小姐与男朋友礼拜几约会、勒啥地方，李先生出差几时回来，坐轮船还是火车……连七大姑、八大姨都搞得清清爽爽，在弄堂里挺有人缘。

到了20世纪70年代，公用电话忙了起来，因为早年在弄堂里"白相"的小孩都长大了，先是上山下乡，每次探亲电话便会跟着来；再是谈婚论嫁，约会要靠传呼，卿卿我我也要靠传呼，其实在公用电话的年代就有煲电话粥了。上海人是出名的精明，公用电话是以接通一次为计费标准的，市内电话通多少时间与收费无关，有不自觉的年轻人就会旁若无人地在电话里谈情说爱、打情骂俏。在一边的人等急了，老头便会出来打圆场，因为都是从小看着长大的，只要老头打招呼，电话也就挂了。

梅姐初中毕业，没有考上高中，也没有工作，上海人称为"社会青年"。因为在家吃闲饭，公用电话亭便老头被办了一个礼拜的『学习班』后，继续回弄堂喊传呼。

成了她常去的地方。十七八岁的小姑娘如花似玉，自然追求者无数，到底有多少，恐怕连她自己都搞不清爽，但老头都清爽。70年代过来的上海人都知道"刮台风"。不是太平洋面刮来的热带气旋，是"文攻武卫"（上海民兵）抓所谓的"流氓阿飞"。梅姐因为男朋友谈得多自然被列入其中。那天来了一大卡车戴柳条帽、手执自来水钢管的"文攻武卫"，原本是要抓梅姐去游街，却把老头给抓了。据说是老头给通了风、报了信。当然，躲得了初一是躲不过十五的。最终梅姐还是被送了劳教，老头被办了一个礼拜的"学习班"后，继续回弄堂喊传呼。

20世纪80年代上海人有三大喜叫"海、陆、空"。所谓"海"是"海外关系"，所谓"陆"是"落实政策"，所谓"空"是"家有空房"。落实政策包括补发工资，退赔查抄物资、发还被侵占的房屋。那段时间老头的电话亭总是传来好消息，老头把喜悦挂在脸上与大家分享。

一天，老头兴冲冲地在我家窗外喊，姜家有人哦，姜家有人哦？母亲以为是有电话。老头说："不是电话，是有人来找，你家新加坡有人吗？"母亲说："有。"老头指着身边的一位中年人说："这人你认识吗？"母亲说："不会是我弟弟吧？"母亲出生在新加坡，四岁跟着她的外婆回国，之后只知道弟弟、妹妹相继出生，但远隔重洋从未见到过。1949年以后，很长一段时间，人们都忌讳提到海外关系，80年代改革开放了，舅舅千里迢迢来到上海寻亲，姐弟俩相见喜极而泣。老头在一边说："新加坡客人是问到公用电话亭，我便把他带来了，阿弥陀佛，阿弥陀佛！"

如今上海街头再也见不到公用电话亭了，弄堂消失在人们的视线中，叫传呼的老头、老太们大都离开了这个世界，但当年的那一份温暖却深深地烙在我的脑海里，化为一份绵绵的乡愁。

阿二嫂

阿二嫂高高的颧骨，齐耳的短发，脸上有些雀斑，一眼望去，有一种劳动大姐的精干。

阿二嫂不住在承德里，听说丈夫阿二是上海滩的"白相"人，"镇反"时吃官司，关勒提篮桥。都说阿二嫂是个苦命人，当年从乡下到上海在纱厂当童工，就像电影里的小珍子，后来跟了阿二变成家庭妇女，养了一堆子女，阿二就被关了。

阿二嫂每天到承德里，是因为承包了几户人家的马桶。清晨天刚蒙蒙亮，弄堂口倒粪的木推车就来了，长长的一声"拎出来……"，家家户户的女主人便会拎着马桶鱼贯而出，倒干净后由阿二嫂负责清洗。阿二嫂随身带有几样工具，一只盛水的"铅桶"，一把用篾竹捆扎的马桶"豁细"，还有一块揩布。"铅桶"是装水的用来冲马桶，阿二嫂的"铅桶"特别大，但她用一只手就阿二嫂的「铅桶」特别大，但她用一只手就能提。

能提。马桶"豁细"是用来刷马桶，阿二嫂的手脚特别麻利，居然还能刷出节奏来。冲完、刷完，用揩布擦干，阿二嫂会把干净马桶靠在墙边排成一行，然后离开。按当年的行情，每户每月收一元钱。

星期天是阿二嫂忙碌的日子。早上刷完马桶，还要给饶家洗衣服。饶家是两个老人，带一对小外孙。女儿、女婿是留苏专家，长年在克拉玛依工作。老人忙不过来，于是把衣服包给阿二嫂洗。阿二嫂在弄堂里搭起一块铺板，先浇点水湿一湿，然后端来一脚盆隔夜浸湿的衣服、被单，铺平一件，擦上肥皂，用板刷刷出白色的肥皂沫，重点是衣领和袖口。又因为被单较大，阿二嫂会把它对折，再对折一下，一层一层翻、一层一层刷，直到完全刷干净。刷完后再到水池子里过，一遍一遍直到水清了，看不见肥皂泡沫为止。当年阿二嫂在那里洗，我在旁边看，不曾想到，多年后我下乡去农村，阿二嫂的那份功夫居然派上了用场。

一段时间，阿二嫂好久没来弄堂，问了才知道是卖血去了。当年一个没有正式工作的女人养活一群孩子，

阿二嫂——卧波堂随笔

要吃、要穿、还要上学，是十分艰难的。阿二嫂每年都要卖两次血，每次收入是几十元，还有几张鸡蛋票、猪肉票。阿二嫂卖血的钱是给孩子交学费的，鸡蛋、猪肉也是与孩子分享的。可怜天下母亲心，因为孩子们的生活中没有父亲。

承德里是老城厢一条普普通通的弄堂，住的是上海普普通通的市民，虽不富裕却衣食无忧。阿二嫂住在棚户区，是上海最底层劳动人民聚居的地方，著名的有普陀区的药水弄、闸北区的番瓜弄、南市区的苏北里。那里的人生活更艰苦、更困难些，但那里出来的人往往更加淳朴、更加勤劳、更加坚韧、更加讲义气。阿二嫂熬呀熬呀、盼呀盼呀终于盼到了儿女们成家立业，盼到了子孙满堂，盼到了阿二从提篮桥回家的那一天。六十不到的阿二嫂白发苍苍，满脸皱纹，垂垂老矣。

阿二嫂的命运是生活在这座城市里的一些底层人曾经的命运，虽然已成为过去，写下来，让我们记住这段过去吧！

汏浴

　　上海人拿洗澡叫"汏浴"。小辰光汏浴要么勒屋里，要么到混堂（澡堂）。

　　屋里汏浴是夏天，下半日四五点钟拉上窗帘、关上门，勒一个大脚桶里放好水，一屁股坐勒里头，脸、身、脚一道汏一遍，主要是去掉汗水，揩干后洒点花露水、扑点痱子粉，算是汏过浴了。

　　当年上海的老虎灶，就像如今的超市，随处可见。夏天老虎灶会开出一种业务，就是汏浴。老板在店堂里或者店堂外挂块木牌，"清水盆汤"四个字格外醒目，再摆几只腰子（形）脚盆，四周用大帆布遮牢。老虎灶里供应热水，下班后的劳动大叔们便会轮番进入，洗掉一天的疲劳。因为住房局促，上海男人这种汏浴方式自上海开埠延续至改革开放后很长一段时间。

　　过了白露，天凉了，老人会关照："白露，身不露。"人们便开始添衣，再往后就入冬了。上海的冬天特别冷，阴冷阴冷的，于是淴浴只能去混堂。混堂是对老上海公共浴室的称谓，有上百年的历史。混堂的水一天一池子，所有浴客都在里面泡。小辰光天冷跟父亲去混堂，每月总归有次把。混堂上午打烊，中午开门，第一道水是清的，汏到后来，开始发浑，锅炉房的师傅会加点明矾，沉淀掉一部分同时还可以杀菌。因为父亲白天要上班，我们往往是夜里去，浴室里水雾腾腾，看到人影在晃动，看不清对方的面孔，讲话声会变得瓮声瓮气，待久了，气也喘不过来。令人佩服的是一些老浴客，居然能躺在池子边上闭目养神，让师傅擦背，一擦就是个把小时。

"孵"混堂，是上海男人的一种生活方式。当然主要是"孵"在大堂里，每个浴客占一把躺椅，躺椅头顶有一排排挂衣服的木杆，茶房会用丫杈头把浴客的衣服准确地挂到上面。这样既节约地方，又保证各人的衣服不至于被穿错。从池子里出来的浴客，披一块大浴巾，躺在上面，茶房会送来茶水、递上热毛巾。无线电里放小辰光忿浴要么勒屋里，要么到混堂。

着戏曲、评弹或者滑稽戏，有吸烟的、有品茶的、有闭目养神的，"孵"在那里交关惬意。当然混堂有混堂的规矩，约定俗成的，当茶房不断地向你递热毛巾的辰光，浴客就会知趣地换好衣裳、打道回府。每当走出浴室，冷飕飕的空气扑面而来，那是最享受的一刻，叫神清气爽。

后来离开上海，溻浴竟也成了乡愁。因此，每次回上海探亲第一个要去的地方就是浴室。复兴东路的西城浴室，淮海东路的逍遥池，或者大兴街的碧玉池。痛痛快快地洗去旅途的疲劳，然后干干净净地回家去。

如今的上海人早已告别儿时的大脚桶，老虎灶的腰子（形）脚盆，还有混堂的大池子。"溻浴"成了每天的功课，"混堂"进入了每家每户的卫生间。

是的，我们确实得到了很多。那么我们是否也失去了点什么呢？

啖瓜

上海的夏天，酷热难当。当年没有空调，电风扇亦属稀罕，人们只有摇着蒲扇，待在闷热的屋内团团转、笃笃转。啖瓜便是当年上海人消暑的方式。

几乎在入伏的同时，瓜果粉墨登场，唱主角的有西瓜、菜瓜，还有黄金瓜。

上市的西瓜有椭圆形的平湖瓜，滚滚圆的解放瓜，还有经过改良的华东 26 号瓜。

入夏，满载西瓜的木船停泊在黄浦江边的关桥码头，戴草帽、打赤膊、穿裤衩的壮汉们，喊着号子，用杠棒把装在竹筐里的西瓜，晃晃悠悠地抬上岸，一杠足有一两百斤重，所以西瓜批发是以杠为单位的，只有在零售时才称斤论两。

到了晚上，马路两边会临时摆出众多西瓜摊，摊前人头攒动，"西瓜甜个来，煞啦啦甜个来……"吆喝声冻雨洒窗，东两点、西三点；切分西瓜，横七刀、竖八刀。

在夜色中悠悠荡开。挑瓜是一门学问，内行的会单手托起西瓜，用左手无名指轻轻地弹击表皮，依据发出的响声，就能分辨出生熟、好坏。买回一个大西瓜，一家人围坐着啖瓜、猜谜、拆字，有道是"冻雨洒窗，东两点、西三点；切分西瓜，横七刀、竖八刀"，妙趣横生，其乐融融。

菜瓜，中等个头，皮色呈翠玉状，洗净后用拳头砸开，然后用手指掰成一块一块，送进嘴里，凉飕飕、脆生生的，水分多、糖分少。印象中，当年菜瓜只有西瓜的半价，是收入比较低、从事野外作业人吃的，一堆堆地码在菜场里，少有人问津。如今想想，那菜瓜再绿色不过了，尤其适合得了"富贵病"的人吃，只是现在市面上再也见不着了。

黄金瓜个头不大，一眼望去，金灿灿的外表，故称黄金瓜。用小刀切开，肉如白玉，去掉瓜瓤和瓜子，入口便化，口感甜甜的尤其适合老人与小孩。暑假期间，小贩会挑着担子，走街串巷，总会有闲在家里的老人或者小孩挑上几个拿回家，留着午睡后吃。邻家有个男孩，长得面黄肌瘦，绰号叫黄金瓜。弄堂里的小孩，看到卖瓜的小贩，便会齐声高呼黄金瓜、黄金瓜，以为是买瓜，其实是"搓人"。

现如今，上海的弄堂渐渐消失了，街头的西瓜进了超市，菜瓜、黄金瓜都不见了踪影。三伏天，老人和小孩蛰伏在空调间里，不是守着电视机就是捧着游戏机。盛夏啖瓜，只有在记忆里偶然晃动一下，带来些许感动、些许怀念。

四大金刚

上海的四大金刚"大饼、油条、老虎脚爪、粢饭糕",是市民的早餐。

秀兰阿姨曾经是我家的邻居,1949年初从山东到上海,与丈夫在老城厢的小马路边摆了个点心摊,专门做"四大金刚"。那可是辛苦活,天不亮就得起床发面,那时不用酵母,用"老面"发,全凭经验,秀兰是一把好手。和面的桌子是用几块木板拼接而成,秀兰每天都要用碱水洗一遍,那板被刷得煞白煞白的。烘炉是用废弃的柏油桶改的,内胆搪上泥巴,安上铁炉栅,焦煤在下面燃,大饼在上面烤。秀兰的丈夫总是将衣袖捋得高高的,那条壮实的胳膊,不时伸入炉膛,用手掌将生大饼贴在炉壁上,因为秀兰阿姨的大饼油酥放得特别多,所以不一会儿便香味扑鼻。

做油条相对复杂一些,先把面擀成一长条,用刀切开，将两根垒在一块，再用筷子在上面按一下。入油锅时用双手扯开，掐去两端的面头，一系列动作在秀兰那双纤细的手上熟练利索。瞬间一根肥硕的油条就会在热油中翻滚，看着它由细变粗、由白变黄，膨膨松，心里暗暗称奇，后来才知道是因为明矾加得恰到好处。刚出锅的油条放在钢丝做的筛子上，等候在一边的顾客用筷子穿起，或者用竹篮装上，扬长而去。

"老虎脚爪"也是用发面做的，先把面捏成团状，用刀背在上面深深地压几道杠，面团便呈老虎脚爪状。也是放在炉子里烤，但辰光要多一点，一直烤到表面爆裂，底部有点焦味。秀兰阿姨还会在表面刷上层糖水，故入口有点松，有点香，又有点甜。老虎脚爪要趁热吃，冷了咬也咬不动。秀兰阿姨喜欢小孩，看到我站在一边，会亲一下，随手掰一块老虎脚爪往我嘴里一塞，因此我常常往她那里跑。

粢饭糕的原料是大米，地道的粢饭糕里要掺一部分糯米，加一些盐巴，这样口感会好许多。秀兰阿姨的粢饭糕特别考究：还要加一点松子、苔菜之类的东西，经看着它由细变粗、由白变黄，心里暗暗称奇。

油氽之后，外黄内白，外脆内糯，特别受欢迎。据母亲说，早先江南一带的家庭主妇们舍不得把剩饭倒掉，于是压成块状放在油里氽一下，第二天当早饭。上海弄堂里有人会用"粢饭糕"称呼某女，因为它的谐音刚巧是上海闲话的"痴、烦、搞"。一个人要是既痴、又烦、再搞得话，不就成"作女"了吗？

当然上海的"四大金刚"还有一个版本，就是"大饼、油条、粢饭、豆浆"，在我看来哪个是正宗，哪个是"大兴"并不重要。听母亲说秀兰阿姨的摊头从1949年摆到1956年，后来参加了合作社，再后来改为饮食店，而大饼、油条、老虎脚爪、粢饭糕则以不变应万变，至今仍留在上海人的舌尖上。

小德兴

小德兴是一家面馆，开在方浜中路上的广福寺旁边，离我家只有三分钟路程。

小德兴只有一开间，进门是柜台，三分之一是灶台，几个方桌围上，顾客可以一边坐着等候，一边看着厨师下面、装碗。

面有两种，一种叫阳春面，一种叫葱油拌面。

阳春面鲜味在汤里，汤是秘制的，隔夜把猪骨头熬上，一直熬到白花花的，放入才出锅的面条，挑上一匙猪油、撒上一把葱花，望一眼馋得你口水直流。葱油拌面窍门是那一小碟油，里面除了熬得焦枯的小葱外，还有剁碎的虾米，上海人叫"开洋"。那个香味，闻一闻便胃口大开。

小德兴还卖馄饨，是那种南方特有的小馄饨。皮子极薄，肉馅和小葱剁在一块，厨师用一片竹签挑上一小德兴的阳春面、小馄饨、糯米汤团，竟成了乡愁。

点，抹在皮子上，单手一捏便成形了，从锅里捞起呈半透明状，一口一只吞进肚里爽呆了。

还有糯米汤团，鸡蛋大小，分咸甜两种。甜的是豆沙馅、圆鼓鼓的，咸的是菜肉馅，厨师把一头捏成尖状便于识别。汤团皮糯糯的，咬一口不是甜蜜蜜，就是咸滋滋的，打耳光也不肯放。

都说上海人精明，会过日子。小德兴面条有二两、二两半、三两，价格精确到"分"，粮票也要精确到"钱"。拌面的葱油也分两种：一种是带辣的，一种是不带辣的，不过要另外加三分钱。小德兴的生意还分堂吃或"来家什"，所谓家什就是顾客自备铝锅或搪瓷缸，买回家去吃，店堂里可以节省出座位。

20世纪60年代上海市民都经历过"自然灾害"和凭票供应的日子，上馆子对多数人来说是奢望。小德兴的阳春面、小馄饨一角一碗，糯米汤团三分一只、一碗四只一角二分，属于大众消费。

即便是大众消费，对我来讲也不是想去就去的。比如感冒发烧了，口中无味，母亲会塞上一角钱让我到小德兴吃碗阳春面。偶尔吃饭没有菜，母亲也会给上一角钱，买一碗小馄饨端回家，既是菜、又是汤。

之后离开上海十年，小德兴的阳春面、小馄饨、糯米汤团便成了乡愁，尤其是在饥肠辘辘的半夜。之后又回到上海，小德兴风光不再，取而代之的是肯德基、麦当劳，但心里还是惦记着小德兴的那碗面或馄饨，就像如今上馆子端上来的即便是山珍海味，心里想的还是母亲做的烤麸和红烧肉。

马路菜场

上海老城厢在环城圆路之内，面积为两平方公里，20 世纪 60、70 年代，城内露香园路街道每平方公里居民达十二万。环城之内一条河南南路是南北干道，有两条机动车道，可走公共汽车，其余四通八达的都是小马路，老上海称其为弹格路。当年的菜场设在小马路上，称为马路菜场。

大一点的有光启路菜场、大境路菜场，小一点的如松雪街、小桃园、翁家弄菜场其实是一个供应点。沉睡了一晚的老城厢第一个醒来的便是菜场，六点钟开秤，营业员要在开市前做好各种准备，四五点钟就得出门，所以自嘲为"半夜夫妻"。

菜场是一份辛苦的工作，尤其到冬天，人们躺在热被窝里做梦，你却要在寒风里工作，站在摊位前那双脚会冻得发疼，那双手摸着冰冻的水产、猪肉，还有冰冷的咸菜，直至麻木。寒风吹来，脸颊、耳朵像被刀割一般，年复一年、日复一日没有个头，他们又把自己叫作"马路天使"。

肉摊是菜场里最好的差事，好差事要有好功夫配，营业员要人高马大，一爿白条（半个猪身）有几十斤重，即便是那把斩肉的刀，也有几斤重，没有点力气怎么成？当然光凭蛮力还不行，真正的窍门在刀上。譬如一爿白条，要开成三种规格后再卖，后腿九角八分一市斤，夹心八角九分一市斤，肋条九角一市斤，营业员的刀稍微偏一偏，价钿就会不一样，神不知鬼不觉。

上海市民宁波人居多，爱吃海货，水产摊的海货也讲规格，宽的带鱼三角一市斤，窄的带鱼一角五分一市斤，大黄鱼是一种价钿，小黄鱼又是一种价钿。不用在秤上下功夫，同样的分量什么规格，全凭营业员一句话，贵的便宜了，便宜的便贵了。如果你有熟人在肉摊、水产摊里，那就不愁吃、不愁喝了。

当然最没有花头的是蔬菜摊，夏天鸡毛菜、冬天大白菜，几分钱一斤，抓一大把撤在竹篮里，无非是秤杆

每到精彩之处往往
会哑然失笑，太太
会说：看看，侬
又发神经了。

翘一点还是平一点，没啥大出入。最辛苦的是咸菜摊，有一种叫咸白菜，用瓢羹白腌制，还有一种叫雪里蕻，好像只有南方人才吃的，放在盛满卤水的木桶里。夏天还好，到了冬天营业员指甲在卤水里浸得发白，手背红彤彤的长满冻疮，班还得照上，生意还得照做。

还有更苦恼的，便是菜场刮鱼鳞、卖葱姜的老太太。计划经济时代，上海市民分三等。一等公民是全民单位的，还要分产业工人、商业职工。二等公民是集体单位的，也要分大集体、小集体，菜场职工属于大集体，里弄生产组是小集体。三等公民是社会闲散人员，摆个小摊头、看个垃圾箱，刮鱼鳞的老太属于三等。大人会说：侬勿好好交读书，下趟去刮鱼鳞、卖葱姜。其实，这与读不读书无关，个中辛酸当事人心里都明白，只是有口难言。

再说说买菜的，到小菜场排队是常态。尤其过年，母亲去菜场会带上我和弟弟帮她去排队，这样一家人同时可以排三个队。菜场排队千奇百怪，有站着人的，是老实的；有摆篮子的，还有放一块砖的，那是横的。待到开秤，篮子、砖头才会有人来替代。每次排队我都会提心吊胆，生怕轮到了，母亲还没有过来，往往越是担心的事越会发生，那时我便会怯生生地走开，到头来不免会被母亲责怪，感觉很委屈。弟弟比我小，但比我灵活，到时候他会让后面的人先买，一直坚持到母亲来。

如今老城厢的马路菜场都入了室，或进了超市，排队也成了记忆，那些曾经在菜场工作的叔叔、阿姨，或者成了广场舞的大妈，或者成了公园里打扑克的老头。当年那个排在队伍里怯生生的我也过了花甲之年，追忆往事，每到精彩之处往往会哑然失笑，太太会说：看看，侬又发神经了。

大年夜

小时候盼过年，尤其是大年夜。当天父母亲早放半天假，吃过中饭便回到家中。急着要做的就是掸尘，父亲个子高，用芦花扫帚在墙上、天花板上扫一遍，掸掉那些陈年积灰和蜘蛛网。我和弟弟个子小，任务是钻到大床下面把积累了一年的灰尘扫得干干净净，还有家中的橱柜也要用湿布揩一遍。其实掸尘就是揩灰，沪语里"揩灰"的谐音就是揩掉一年的晦气。看来有的事情，怎么说比怎么做似乎更为重要。

同时，母亲和姐姐们都在厨房里忙年夜饭。当年物资匮乏，样样要凭票、凭证，到了过年居委会、粮管所会增发票证。譬如鸡呀、鸭呀；黄鱼呀、带鱼呀；金针菜呀、黑木耳呀……都凭票。做一顿丰盛的年夜饭是全家一年的期盼。年夜饭除了饱餐一顿之外，还包含着对新的一年的期许。圆台面是必需的，全家人围坐在一起小时候盼过年，过一年长一岁。现如今怕过年，过一年少一年。

表示合家圆满。如意菜是必须的，原料是塌苦菜、黄豆芽，塌苦菜象声"脱苦"，黄豆芽象形是"如意"，寓意深长。宁波猪油汤团也是必须的，顾名思义团团圆圆。

吃过年夜饭，还要守岁。母亲一边做针线，一边会给我们讲些旧事。从她的故事里知道，父母亲刚从乡下到上海时，日子过得很艰难，常常是有了上顿、没有下顿，1947年大姐已经出生，要过年了家里开不出伙仓（揭不开锅）。年三十父亲到西郊的一个朋友家要账，钱没有，只好背回一袋米，返回时班车没有了，步行回家，路过沪杭铁路三泾庙道口，差点被火车撞飞。第二年大年夜，还是为过年发愁，父亲在隔壁看人家推牌九，袋袋里只有一个大洋，竟鬼使神差地押了一回，居然翻了一倍（现在叫"飞苍蝇"）。父亲生来胆小，一辈子循规蹈矩，从来不做出格的事，这一回也许是逼急了，于是"恶"向胆边生了。有一首歌叫《听妈妈讲那过去的事情》，妈妈的故事总是烙在心里的，一辈子不会忘，当年没有电视，也没有春晚，当收音机里的播音员说："上海人民广播电台，各位听众朋友们，今天的节目到此结束，晚安"时，便会放一段刘天华的二胡曲《良宵》。

大年夜很特别，从掌灯到熄灯，全家所有的电灯都会亮着。包括房间、走廊、灶间、马桶间，与平时随手关灯习惯大相径庭。一种说法是，大过年了家里要亮亮堂堂的，另一种说法是大年夜老祖宗要回来，灯亮一点好认家门。临睡前母亲会用一把扫帚把地上的垃圾从边上扫到房间中央，然后扫进畚箕，叫"扫银"。因为初一是不能扫地的，也不能倒垃圾，怕的是财流走了。只是父母一辈子都没有过财缘。

春联是年初一早起贴的，大年夜要备好。"翻身不忘共产党，幸福不忘毛主席"是五十年代的，当时中华人民共和国刚成立。"四海翻腾云水怒，五洲震荡风雷激"是六十年代的，正值"文化大革命"。"年年难过年年过，处处无家处处家"是七十年代的，我上山下乡在边疆时写过的。

小时候盼过年，过一年长一岁。现如今怕过年，过一年少一年。年总是要过的，只是年味久违了。

产组

　　凡上了年纪的上海人，都知道"产组"，是街道里弄生产组的简称，幽默中带点自嘲。

　　上海的"产组"最早可追溯到 1958 年，那时有一部电影《万紫千红总是春》，讲的就是一帮家庭妇女不甘在家吃闲饭，走向社会自食其力的故事。当年政府倡导和鼓励这种做法，称之为解放妇女劳动生产力。

　　"产组"由街道里弄参与组织，没有法人地位，没有人员编制，更没有设备、投资、技术、产品，包括场地都是租的，或弄堂民宅，或临时搭建……生产任务是由街道里弄出面联系，到工厂接一些简单的加工业务，有糊纸袋，有敲别针，有绣花、缝纫等。"产组"实行计件制，多劳多得，做一天算一天，收入不到正式职工的一半，没有劳保（医保、社保），也没有福利，中饭各自回家吃，内急也要回家解决，好在"产组"一般都年龄廿八，工资七（角）八（角），房子呒没，啥辰光做阿爸。

就近，回家几十步路也就将就了。

到了20世纪70年代，1949年前后出生的，生在旧社会长在红旗下的一代到了就业年龄，"产组"开始是安排一些没有上山下乡在家病休的青年。随着八十年代初大批知青返城，"产组"又成了安置他们回城后就业的重要渠道。当时知青回城实行顶替政策，"产组"也有顶替，这是"产组"最有含金量的一次表现。年轻人来了，条件自然要有改善了，慢慢地"产组"也有了劳保，慢慢地变成了街道工厂，再慢慢地有了自己的产品，甚至出现了"申花""延中"等上市公司，当然是个别……即便如此，人们还是把它叫做"产组"，因为它始终处于社会的最底层。

八十年代这批"产组"的青年男女都到了谈婚论嫁的年龄，姑娘们自然希望通过婚姻改变自己的人生，所以"产组"里的男女即便有情人也很难修成正果。"产组"的小伙子们更是心灰意冷。"年龄廿八，工资七（角）八（角），房子朆没，啥辰光做阿爸"，如果用上海话来念，你会发现最后一个字都是押韵的。也有领导针锋相对，"七角八角，要看到世界各国"，也是押韵的。潜台词是放眼世界还有那么多的劳苦大众生活在水深火热中，不要身在福中不知福。

母亲是20世纪60年代初随着大流进入"产组"的，先是缝纫组，后是信封组，辛辛苦苦一个月拿回二三十元补贴家用。70年代末知青大返城，我的理由就是按政策顶替，顶的就是"产组"。只是因为到了上海，街道办事处让我帮助参加"落实政策"工作，命运让我与之擦肩而过。

但更多的同龄人就没有我这样的幸运，"产组"成了他们终生的职业，也有通过高考、招聘，之后当上编辑、教授、专家、艺术家和企业家的，那是少数。每每谈到"产组"爱是爱不起来，恨也已成了过去。无论如何，人生的每一段刻骨铭心的经历，都是不该忘却的。

铛铛车

讲到"铛铛车"老上海都晓得指的是有轨电车。据记载是上世纪初由英商电车公司从欧洲引入的。

记得小时候南京路上还走着有轨电车，从静安寺到外滩，每逢国庆节上海人喜欢坐着它去看南京路上的彩灯。深绿色的车厢，车顶翘着一根小辫子伸向架空的电缆线。马路上铺着两条钢轨，车厢在轨道上徐徐前行。司机站在车头手动操作，并用脚踩出"铛铛"的响声。

印象特别深的是3路有轨电车，从苏州河畔的邮电俱乐部出发，经虹口公园到江湾五角场。同样带小辫子的还有一种叫无轨电车，不过是两根小辫子。我家住在南市区老城厢内，11路无轨电车从老西门始发沿着中华路、人民路兜一圈，票价为四分。小时候每到寒暑假便会约上几个发小，坐11路在环城圆路上转一圈，到站赖着不下车，再转一圈，直到被售票员赶下车才罢休。

24 路无轨电车从老西门始发，上中学时每到夏天便会乘五站路去威海路 745 号游泳。当年那里是上海元件五厂的保密车间，里面有一片网球场还有一个游泳池。听说 1949 年前叫"国际俱乐部"，应该是当年高级住宅的会所，专供洋人和买办享用。大姐是元件五厂的职工，游泳票是职工福利，作为家属，我自然沾光了，就是在这个小小的泳池里，我学会了游泳。

到了 20 世纪 60、70 年代，"铛铛车"渐渐退出了历史舞台，取而代之的是公共汽车。我家门口的 66 路公共汽车是开往宝山路上海北站的通宵车。我姑妈家住宝山路罗浮路，从我家坐 66 路到那里一共六站，那时公共汽车票价五分起板，超过五站就要一角。我每次去姑妈那里，总是走一站，坐五站，这样一个来回就能节约一半车费，省下来的钱便可买些零食来享用。

记得有一次我和弟弟去姑妈家，晚饭后天黑了，姑妈不放心，特地叫了一辆人力三轮车把我俩送回家。车过河南北路桥，上坡时我们一人坐在车上，一人下车你是否还记得儿时起步价为三分钱的有轨电车票，四分钱的无轨电车票和五分钱的公共汽车票。

推。下坡时，三个轱辘带着三人一溜烟似地往下冲，特别爽。当时车费大概要五角，钱自然由姑妈掏了。这样既为我们省下了车费，又让我们哥俩坐了一回三轮车，实在太过瘾了。

一晃六十年过去了，"铛铛车"早已消失在上海的繁华中，只是偶尔还会出现在记忆之中抑或梦中。取而代之的是隐蔽在地下空间的城市地铁，还有穿梭在密密匝匝的水泥森林中的公共汽车。朋友：你是否还记得儿时起步价为三分钱一张的有轨电车票，四分钱一张的无轨电车票和五分钱一张的公共汽车票呢？

梧桐树下

我家窗前有棵梧桐树，是我童年的伙伴。挺拔的树干壮硕平滑，灰绿底色上浅青斑驳。巨大的树冠遮天蔽日。一片片、一层层、一串串的树叶，犹如大大的巴掌，微风吹来时就像小小的精灵，欢快地舞动着。球状的果实如同悬挂着的铃铛，故俗称为悬铃木。

春天，梧桐树爆出嫩绿，用丰子恺先生的话来说便是"梧桐绿意上纱窗"了。经过园林工人精心修枝后的树丫上会绽放出生命的气息。小学校就在路边，背着书包走在上学的路上，心里会萌发出，新学期要好好努力，争取一个好成绩的念头，只是总不能尽如人意。

夏日，茂密的树冠遮满了整个窗户，只是在晃动时，偶然会透进一线阳光。暑假期间几乎没有作业，白天傻傻地待在家中，耳边充斥着蝉鸣声，一阵、一阵，说不清楚究竟是烦躁，还是寂寞。每到这个节气，绿化这棵几乎和我同龄的大树依旧苦苦地守望在那里，仿佛等着我的归来。

所就会派车来打药水，只要听到轰鸣的马达声，赶紧关上窗门，这时待在家里就像被关进了蒸笼。

秋天到了，几乎在一夜间。飘落一地梧桐树叶，是一道金色的记忆。在放学的路上，撑一把黄色的油布伞，穿一双母亲新买的黑胶鞋，踏着满地的枯叶，沙沙作响。总会有一种酸楚涌上心头。小小的我对上海的秋雨特别的敏感，长大后读到"独自徘徊在悠长、悠长又寂寥的雨巷"，"夜坐听风，昼卧听雨"，才懂得这种敏感不只属于我个人。

上海的冬天冷得特别，是一种阴阴的冷。当年还经常下雪。待到化雪时节，就会有彻骨、彻心、彻肺的感觉。望着窗外光秃秃的梧桐和残雪，如今回想起来应该不是凄凉，而是那种凄美。当北风起时，梧桐树会绑上御寒的稻绳，在冬日的阳光下，给人一种温暖。

1956年上海老城厢辟通南北干道，称为河南南路。我家从晏海弄动迁到河南南路400号，那时我才三岁，门前的那棵梧桐树只有胳膊那样粗。到1960年我上学时便有大腿一般粗了，待到1970年我离开上海上山下乡时已经长成胸围那么壮硕了，直到 1980 年我返城的时候即便伸直两臂也都抱不过来。可以说门前的这棵梧桐树承载着我太多童年的记忆。如今，老房子已经被拆除，而这棵几乎与我同龄的大树依旧苦苦地守望在那里，仿佛在等着我的归来。

冬日

　　"纷纷扬扬的大雪下了一夜，树上白了，地上白了，房子上也白了……"，这是小学语文教材里的一篇课文，也是上海冬天曾经的景观。

　　想到寒冷自然会想到北方，上海的冬天则是湿冷，一种刺骨、透心的冷，这座城市不供暖，市民只能硬挺。

　　早上醒来，被窝里尚有余热，屋子里却是冰凉的，窗户的玻璃上会结一层薄薄的冰，太阳照在上面，晶闪闪的。小时候喜欢用手指在上面写字，手指划到哪里，冰就会化到哪里。

　　起床后要洗漱，自来水管因为事先用稻草捆扎，一般不会冻住，水龙头则常被冻住，老上海晓得不能用开水浇，只能用热毛巾敷，否则会爆裂。

　　然后，你会发现周围的一切似乎都冻住了，毛巾冻住了、抹布冻住了、拖把也冻住了，硬邦邦的，同样要用热水化开才能用。

上学的小朋友和上班的大人们出门前都要包裹得严严实实。男的戴上棉帽，可以把耳朵也捂严实的那种；女的戴上绒线帽，只是把眼睛、鼻子、嘴巴露在外面。棉袄、棉裤絮得厚厚的，穿上十分暖和，即便如此，凛冽的寒风还会沿着脖子钻进来，于是大人小孩都戴上围脖，严防死守。穿皮鞋必须是靴子，最好内带羊毛内衬，当然这是少数人的事。多数人，还得穿棉鞋，布底为好，用胶皮打上前掌、后掌，上海有种蚌壳式棉鞋，男女皆宜，穿上特别暖和。

上午教室里特别冷。冰冷的桌椅，冰冷的课本、文具，连空气也是冰冷的。老师用一块硕大的棉帘挡在门口，防止冷风吹入，也不让室内的热气散发。

中午太阳出来了，小朋友们都会到操场上活动，那是最幸福的时刻，人人都会露出暖暖的笑脸，比阳光还灿烂。

下午四点放学了，天也渐渐暗了下来，孩子们背上人人都会露出暖暖的笑脸，比阳光灿烂。

书包匆匆赶回家，一顿热腾腾的晚饭下肚，身子顿时暖和许多。原来食物不仅能抗饥，而且能抗寒。

冬夜是最难熬的。晚上做功课，手指冻得像胡萝卜，戴上绒线手套露出几个指头，在本子上不停地写呀划呀。实在冷了，哈上口热气，不行再抱一个热水袋。最冷的还是那双脚，因为血液到不了，脚趾可以冻得像针刺一般痛，忍不住只好站起来蹦几下，活活血、暖暖脚。个把小时下来，心思一半用在作业上，一半用在与寒冷斗争上，效率可见一般。

八点一过，夜未深、人已静。当年没有电视，也没有去处，窗外西北风撕心裂肺地咆哮着，感觉是在拼命地往窗缝里挤。母亲喜欢钻在被窝里打毛线，边打边絮叨，听众自然是我们姐弟，不过大多数是一只耳朵进一只耳朵出。临睡前最后一个功课是洗脚，木盆里装满热水，把脚泡在其中，暖意便会从脚底升腾到脑门，汗津津的。几乎所有的上海人曾经都体验过这种惬意，是一种只有在家才能体验的温暖。

钻进被窝迎接我的是母亲早已冲好并捂在被子里的"汤婆子"。

父亲

父亲九十四，身体硬朗、精神矍铄。去年中秋，全家聚会，老人家说想去浦东迪士尼看看。我脱口而出："都这把年纪了去那里干啥？"一句话呛得他整个下午闷闷不乐。还是太太心细，事后和我妹妹带上他去了迪士尼。回来后，太太告诉我，三人不仅待了一整天，还一起玩了"飞越太平洋""加勒比海盗"，坐了"七个小矮人矿山车"，直到看完焰火才回家。事后，所有听到这消息的亲朋好友无不惊讶万分，连连称赞。

父亲 1924 年出生在浙江宁波农村。高小毕业先在家乡务农，十七岁到上海学生意，和母亲结婚后一直在上海谋生，养育了我们兄弟姐妹六人，辛苦了一辈子。用现在的话来说，他们是到上海打拼的第一代农民工，我们是地地道道的农民工子女。

父亲学生意跟的是奉帮裁缝，从裁剪、缝纫、整都说男人的眼泪是金子，对于父亲的眼泪儿子是永远不会忘记的。

烫，到西装大衣、长衫旗袍、西裤夹克，学得一手绝活。我们兄弟姐妹从小到大，一年四季的衣裳，包括姐姐们结婚的"银枪大衣"，我和弟弟做新郎时穿的"呢中"均出自他那双灵巧的大手。为此耗费了父亲几乎所有的节假日，还有晚饭后的那点可怜的休息时间。

在我的记忆里，父亲是严厉的。"文革"前他在厂里从事管理工作，一年忙到头，家里除了做衣裳，大小事情都是母亲操持。小时候我比较调皮，但凡闯了祸，由他来教训。只要父亲脸一沉，我便大气也不敢喘。

1970年6月我作为知青要去云南了，那时父亲不到五十。在火车站我第一次看到父亲流着眼泪。都说男人的眼泪是金子，对于父亲的眼泪儿子是永世不会忘记的。同样不能忘记的是父亲在我的行李中夹了一张纸条，上面写着"说老实话、办老实事、做老实人"。下乡十年，我一直牢牢记住这十二个字，可以说受益终生。

1979年知青大返城，政策规定子女可以顶替回上海。当年父亲未满六十，但是患有肝病，于是想到了病退，这样我就可以名正言顺地调回上海。为了能让医院开出证明，头天晚上父亲吃了一大碗老肥肉，还破天荒地喝了白酒，也不睡觉，一直坐等天亮。只是希望第二天验血报告上 GPT 指标能够高一些。真是可怜天下父母心！

父亲的父亲和母亲做了一辈子农民，上年纪之后没了生活保障。父亲每个月都要从本来不高的工资中拿出一部分寄到乡下。在我的印象中月头发工资的第一件事，就是去邮局汇款。用母亲的话来说："可以脱时辰，不能脱日子的。"有时母亲还会揶揄父亲，"人家是二十四孝，侬是二十五孝，多了一个呆大孝"。

父亲做人做事循规蹈矩，不抽烟、不喝酒、不打麻将，唯一的爱好是看足球。年轻的时候会去足球场看比赛，老了之后守着电视机，一场不漏。申花、上港，他关心；徐根宝、范志毅，他熟悉；连曼联、AC 米兰，马拉多纳、贝克汉姆，也能聊聊。还有就是看报听新闻。每次去看父亲，他总会把有关我的报道，剪裁下来放在一起，如数家珍。

父亲一生平平凡凡，他和母亲养育了我们兄弟姐妹六人，包括第三代，个个身心健康、家庭美满。俗话说"家有一老赛过一宝"，我为有这样的父亲感到骄傲，祝老人家笑口常开、长命百岁。

再见了，妈妈

"妈，您走了，那样的匆忙，以至于我们到现在都不能接受这个现实。"

"记得周六，我们一家三口去看您。那天您是神清气爽，吃完饭，还自己给我们削苹果，像往常一样临别拉着我的手，关照当心身体。这话本该是儿子对您说的，但每次您都是这样，每次都给我带来感动。儿子把对您的祝福留在心里。"

"妈，您走了，去到外公、外婆那里。我知道那是您几十年的心愿，自从您四岁离开父母，从马来亚回到宁波老家，之后一直没机会再见到他们。先是因为战争，后又因为'海外关系'，直到'文革'结束。当您再次去您的出生地新加坡，却再也没能见到您的父母。儿知道您心里很苦。苦等了八十年，今天终于可以和他们团聚了。"

妈，您走了，一路走好。儿子永远在您身边。

"妈，您像所有的母亲一样平凡。生儿育女，含辛茹苦，把我们兄弟姐妹六人拉扯大，那是多么艰难。但在我们心中，妈，您是伟大的。您的伟大在于把我们教育成为对家庭负责，对社会有用的人，理应得到我们的尊重，得到社会的尊重。"

"妈，儿子十六岁离开您，下乡十载，让您牵肠挂肚。记得每一次分别，您都哭得像泪人。即使十年之后回到您的身边，也因为工作的原因，不能常来陪您。特别当您上了年纪之后，还是没有更多时间和您拉拉家常，说说心里话。本想过几年退休后可以多来陪陪您，但终究不尽如人意。您走了，那么地突然，竟没有机会留下最后一句话。"

"妈，儿子感谢您的养育之恩，却实在无以回报。但儿子是听妈话的。记得我去长宁区工作不久的那年春节，您在餐桌上和兄弟姐妹说：'你们的兄弟当个领导也不易，做个清官太清苦，做个昏官给人骂，兄弟姐妹要谅解，不要干扰他。'当时我很感动，时时铭记在心。想，这是我唯一可以对您的回报。"

"妈，您走了，回到您来的地方。儿子知道您平时胆小，您不要害怕，一路走好。儿子永远在您身边。再见了，妈妈!"

追悼会上的这段肺腑之言，如今，再读一遍，只是想说一句：妈，我想您。

版纳二题

砖瓦队

十七队是景洪农场十分场的一个生产队。景洪农场是橡胶农场，但十七队不种橡胶烧砖瓦。

十七队曾经是云南生产建设兵团一师一团十营的一个连，这个连很特别，老职工绝大部分是少数民族，又像哈尼族的一个寨子。

西双版纳的哈尼族自称"僾尼人"，十七队的哈尼族来自墨江哈尼族自治县，他们自称"碧约人"。

20世纪70年代初连队补充了一批娃娃，分别来自上海、重庆、昆明。上海"阿拉"、重庆"崽儿"、昆明"伙子"给十七队带来了城市文明。这段时间农场改编为云南生产建设兵团，指导员是现役军人，胖墩墩、笑眯眯。他不懂生产，为了接近老职工，整天"阿磨磨"

"阿萝萝"挂在嘴上，学的是哈尼语又不太像，难得他有一份苦心，自然与群众打成一片。

老队长是广东客家人，高高的个头，已谢顶、络腮胡子，两眼炯炯有神。是刚从团部砖瓦厂派下来的，懂技术、会管理、精明得很。他是唯一懂得熟练装窑、控制窑温、掌握饮水技术的把式。因此，一言九鼎，受人尊敬。

十七队在允大公路 33 公里处，因为在路边，故出行便利。当年没有公共交通，出门基本靠走。但凡有一辆单车便十分拉风，前面坐小孩、后面带老婆，三口之家基本全了，若有第四位，那便是用背带绑在婆娘身上的小娃娃。

队部坐落在一个小山坡上，如要出远门，必须到公路边扬招，但凡运货的货车、拖拉机经过，只要招手必然停下，搭车人抓住车斗，小跑几步一跃而上。下车时拍拍车顶，司机便会停车，只消说声谢谢，不必掏钱。

十七队东西两排宿舍，中间为球场。西边茅草房住着老职工，东边砖瓦房住着知识青年。当年是一种优待，因为知青不仅是从城里来的，而且还是响应号召来的。

下坡处是伙房，一只土灶烧劈柴、一口铁锅又煮饭又炒菜、一块案板又切菜又打饭。不远处有个废弃的土窑，一股山泉从窑底流出，不用到河边挑水。当年我是司务长，管后勤，礼拜天要替换炊事员，因此学会了生火、炒菜、煮饭。主粮为大米，掺一些玉米渣，煮熟后黄灿灿的，知青们戏称为蛋炒饭。一年到头十二个月，南瓜、茄子、莲花白、空心菜轮流当家。还有就是玻璃汤，所谓玻璃汤，就是在清水里放一把韭菜，撒上盐巴煮煮沸。林林总总统称为"四菜一汤"。

伙房不远处有一片菜地，西双版纳地处北纬21度，属亚热带气候，分雨季、旱季。雨季，种下的蔬菜因排水不畅容易烂根。到了旱季，水分蒸发太快又会枯萎。韩大爹负责种菜，整天围着一亩三分地转悠，翻土、下秧、耨草、浇水、施肥，忙个不停。累了钻进窝棚，抱着水烟筒，咕噜咕噜地吸起来，不用问里面一准是他。偶尔菜地里会飘出韩大爹的歌声，忽而高亢、或而悠扬、或而哀怨……开始听不明白，久了才知道那是碧约小调，尤以情歌为佳，哥呀、妹呀、想呀、亲呀、心呀、肝呀，摄人魂魄。后来才明白，一种调"阿其谷"为情歌，一种调"八哈惹"为酒歌。真所谓，无情未必真豪杰，怜子如何不丈夫。

往南是马厩和猪圈。那匹老马是用来拉车的，几头云南小耳朵猪是逢年过节用于改善生活的，也归我"领导"。再下一个坎便是一所小学。两栋茅草房，一栋为教室，一栋为教师宿舍。当年有位北京知青在那里当老师，就是回城后写了《棋王 树王 孩子王》的钟阿城。之后，《孩子王》被同样在五队当过知青的陈凯歌搬上了银幕，其中人物、画面、细节似曾相识。砖瓦队与学校一步之遥，那年雨季阿城住的宿舍椽子塌了，到我那里借宿。如今很难想象一张单人床居然能躺下两个大小伙。一天，阿城戴的一块北京牌手表不见了，翻遍了所有能翻的地方，无果而终。当年一块手表可是奢侈品，大伙都为他着急。有人怀疑，有人被怀疑，阿城却淡定地说，都是朋友，不要疑神疑鬼了。最后，居然在一个老鼠洞口被发现。也许是老鼠嗅到尼龙表带上的汗味，以为是食物，就把它拖走了。

往北是砖瓦场，那是砖瓦队的主业。白六十和白七十为两兄弟，白是"碧约人"的大姓，为啥叫六十、七十不得而知，反正都这么叫。老白家兄弟每天的工作就是负责牵着水牛，把泥塘的生土踩成熟土，从天亮到天黑，一圈一圈地转，仿佛是在赶一条没有尽头的路。兄弟俩不爱言语，与人交流靠眼神，一对白白的眼珠长在一张毫无表情的脸上，白天相见不敢正视，晚上梦见一身冷汗，但勤劳忠厚是他们的本色。

"癞蛤蟆"负责放牛，孤零零地住在离连队远远的一间茅草屋里，与牛棚为邻。大脑壳、细脖子、罗圈腿，背一直驼到腰，走起路来一蹦一蹦的，大伙管他叫癞蛤蟆。听说癞蛤蟆有婆娘了，大家忙着看个究竟。果然茅草房里多了一个女人，大脸盘，歪嘴巴，一瘸一瘸的，说起话来脸颊不停地抽搐，是个脑瘫患者。可是新媳妇十分乖巧，见人满脸堆笑，嘴上"叔叔，叔叔"叫个不停。一年后居然给癞蛤蟆生了个白白胖胖的大儿子。从此茅草房里的笑脸更加灿烂，叫人的声音更加甜美。

窑口共有两个，一个称为老窑，因为离宿舍太近，废弃了，新建了一个在后山，仍然是土窑。土窑仿佛是一座蒙古包，窑内砖坯瓦坯，层层叠叠好几米高，必须码得整整齐齐，那是功夫。窑门是一条狭窄的通道，仅容得下一辆小推车，用来装窑、出窑。窑底是火塘，那种最原始的柴窑。点火后，找来大木桩慢慢燃起，主要是排潮。然后再用剖开的干柴架空烧，熊熊烈焰把炉膛烧得通红通红。两个窑工轮流往里添柴，24小时不能间断，再就是平烧需要七天。

最后是封窑、饮水，那是关键的技术活，得有老队长把关。烧制成的砖分为红砖与青砖，红砖属于氧化高铁，不需要饮水环节。青砖属于氧化亚铁，透气、吸水、抗氧化，因此要多一个环节。出窑就像收割，除了喜悦还要做一次最艰苦的劳作。因为窑内温度极高，且粉尘呛鼻，窑工进去时干干净净，出来时灰头土脸，只有两只眼睛是亮的。这样的工作和生活，我重复了两年。

2022 年重返故地，往事如水般缓缓流出，居然如此清晰。逝者如斯，半个世纪过去了，我们已然告别了那个年代。留下那些故人和往事，究竟是一种怀念呢，还是一种情怀？或已隐入尘烟！

允大公路

允大公路起始于曼栋大桥，往南终点为大勐龙，全长 63 公里。据说是 1954 年按"民修公补"的办法建设的简易公路，也是西双版纳第一条公路。

昆洛公路起始于昆明，终于打洛，行至曼栋大桥拐一个弯便进入允大公路。"允"是允景洪的简称，"大"是大勐龙的简称。当年分别为云南生产建设兵团一团和二团的辖区。

曼栋大桥横跨流沙河，我们坐在敞篷的解放牌汽车上，第一次看到桥墩下裸浴的傣族老乡。知青们吆喝着掠过这一惊艳的场景。

往前便是嘎洒镇，当年叫人民公社。嘎洒镇是允大公路上最大的集镇，有粮库与食馆，还有供销社。当年我每月都要去一次嘎洒镇里的粮库拉大米。用麻袋装，一袋200斤，装满往背上一驮直接装车，那会儿年轻并不觉得累。装满一车便钻进对面食馆用餐，或一碗米线放点辣椒，或一碗米饭加勺茄子，乐得屁颠屁颠的。当年就听说嘎洒镇今后要建机场，那时以为是天方夜谭。不曾想如今真的建起了机场，直飞上海只要三个小时。

再往前便是曼飞龙水库了。这是一个人工水库，车辆只能绕着边上的之字路缓缓地爬到坡顶，然后再踩着刹车下坡。坡陡，尤其到了雨季，一不留神就会翻车。那时年轻，天不怕地不怕。一次我去嘎洒镇拉米遭遇翻车，连人带货一并甩到路边，幸亏没有掉进水库，否则小命就没了。

下了飞龙坡就是傣族老乡的曼波寨子，一团九营与曼波寨子相邻。我在那里主政三年，与当地傣族老乡相处得很熟，他们用傣语，称呼我为"老pia"，当年我才23岁。

过了曼波寨子便进入一团十营的地界，十四连在路边，是我到西双版纳的第一个连队。这是个新建的连队，条件十分艰苦，因为在路边交通便捷，于是成了知青的落脚点。凡搭车外出的或返回的，一般都要回到十四连落脚。

再往北就是曼达纠寨子了。这个几十户人家的自然村寨，多年后居然出了一个人物。此人便是《让我听懂你的语言》一歌歌词的作者州长罗红江。那年，他来上海访问。我问，你是傣族，怎么姓罗呢？应该姓刀。他说，我母亲是傣族，父亲是汉族姓罗。我又问，你的妈妈是哪个寨子的？他说曼达纠。我说，当年我就住在曼达纠边上，而且在老乡家住过。曼达纠在允大公路30公里处，过一段黑心树林，再往前便是一团十营营部。

过了十营便是二团驻区小街。其实小街并没有街，只是一个地名。1970年4月，三连的几位女知青结伴去那里串门，搭的是拖拉机，因翻车命丧小街。她们刚来西双版纳不到一个月，正值十六岁花季，却永远留在了那片红土地上。

再往前就是曼飞龙塔，由主塔和八个小塔组成，犹如春笋破土而出。据说曼飞龙塔建于清乾隆年间。1974年，西双版纳迎来一个寒冷的冬天，我和阿城、建元一块去到那里，阿城用海鸥4D相机留下了这张珍贵的照片。

终点大勐龙，也是二团团部所在地。这是中缅边界最后一个小镇，小镇上有一座黑塔，传说是释迦牟尼的右脚，而曼飞龙塔是他的左脚，前者给傣族带来财富，后者给傣族带来欢乐，多么美好的传说。

五十年过去了，允大公路经过了重建，如今就像一串珍珠一样串起了我对往事的回忆。

允大公路是一条再普通不过的公路。当年却是我们唯一通往外界，通往家乡的希望大道……

后记

人生七十古来稀。

十年前上海人民出版社曾经为我出版过一本散文集《有一个美丽的地方》写的是我"上山下乡"的那段经历。十年过去了，《卧波堂随笔》追忆的是我儿时生活在上海老城厢的那些往事。

文稿送出版社时编辑建议增加一点篇幅可能更好。正巧我有机会去景洪故地重游。触景生情写下"版纳二题"，作拾遗，一并入篇。

感谢沈雪江先生为我的小书插图，感谢祝君波先生为我作序，感谢那些尘封多年的往事、故人和这座城市曾经给我带来的温暖，还要感谢您耐心读完我这本不那么像样的小书。

2023 年 5 月

图书在版编目(CIP)数据

卧波堂随笔 / 老姜著. — 上海：上海文化出版社,2023.8(2023.10重印)

ISBN 978-7-5535-2780-2

Ⅰ.①卧… Ⅱ.①老… Ⅲ.①随笔-作品集-中国-当代 Ⅳ.①I267.1

中国国家版本馆 CIP 数据核字(2023)第 120619 号

出 版 人　姜逸青
责任编辑　王茗斐　汤正宇
装帧设计　王　伟
插　　图　沈雪江
封面题字　老　姜

书　　名　卧波堂随笔
作　　者　老姜
出　　版　上海世纪出版集团　上海文化出版社
地　　址　上海市闵行区号景路 159 弄 A 座 3 楼　201101
发　　行　上海文艺出版社发行中心
　　　　　上海市闵行区号景路 159 弄 A 座 2 楼 206 室　201101　www.ewen.co
印　　刷　苏州市越洋印刷有限公司
开　　本　787×1092　1/32
印　　张　5.25
印　　次　2023 年 8 月第一版　2023 年 10 月第二次印刷
书　　号　ISBN 978-7-5535-2780-2/I.1071
定　　价　45.00 元

敬告读者　如发现本书有质量问题请与印刷厂质量科联系
　　　　　T：0512-68180628